SON OF ROSEMARY

IRA LEVIN

罗斯玛丽的儿子

[美] 艾拉 · 莱文 著　　柯清心 译

北京时代华文书局

献给米亚·法罗

圣经明白指出，撒但确实存在，其法力无边。既不是神话，亦非凡人藉以解释神秘恶力的心理投射，撒但是一种邪恶的灵力，其唯一目的，便是与上帝作对。

——葛培理牧师[①]

一九九五年十一月十三日《新闻周刊》

① 葛培理牧师（1918—　），美国当代著名的基督教福音布道家，是二战后福音派教会的代表人物之一，他还曾担任多位美国总统的顾问牧师。

前方或有困厄，	There may be trouble ahead,
然而只要有月光和音乐	But while there's moonlight and music
有爱与情——	And love and romance–
我们且迎乐而舞。	Let's face the music and dance.
在提琴手逃逸前，	Before the fiddlers have fled,
在他们要求我们支付账单前	Before they ask us to pay the bill
在我们还有机会时——	And while we still have the chance–
且让我们迎乐而舞。	Let's face the music and dance.

——《让我们迎乐而舞》(*Let's Face the Music and Dance*)，词曲家欧文·柏林（Irving Berlin）的作品，收录于一九三六年百老汇歌舞剧电影《随舰起舞》(*Follow the Fleet*)

第一部

第一章

一九九九年十一月九日星期二，曼哈顿的早晨舒朗凉爽，离过两次婚的退休牙医斯坦利·尚德走出阿姆斯特丹大道上的公寓，展开他例行的一日。虽然年高八十九，医生的步履却十分利索。他戴着格纹帽，眼神炯亮，因为他不仅身体硬朗，且心怀暗喜，这是一个令他时时刻刻感到温暖的美妙秘密。他一直参与的团体——最近仅存他尚留人世了——他们持续了三十三年的计划，再过两个月便要开花结果了。

就在百老汇和七十四街的交叉口，一辆出租车失控冲过人行道，将尚德医生撞飞到灯塔剧院的墙上，当场身亡。

而同一时间——上午十一点零三分刚过几秒—新泽西上蒙特克莱尔的海尔西博登疗养院里，二一五号房的病人张开了双眼。就众人所知，女患者从一九七几年起住院的这些年来，一直是闭着眼的。

正在给妇人按摩的清瘦黑人护士异常冷静地咽了咽口水，深吸一口气，然后继续按摩。“嗨，宝贝。”她轻声说道，“真高兴你醒了。”护士制服的名牌上写着克莱瑞丝，牌子上还挂了一枚“我♥安迪”的小徽章。护士松开一只手在床头柜上摸索，然后用力按下按钮。

患者抬眼四望，眨着眼睛，噘起一张发亮涂油的嘴。五十多岁的女患者肤色苍白，骨架纤细，一头染霜的赤褐色头发整齐地梳理过，滑向侧边。她用一对蓝眼睛乞求着。

“你会好起来的。”克莱瑞丝告诉她，手不停地按着按钮。“别担心，现在你已经好起来了。”她将女人的手臂轻轻按回床上，“我去找医生来，你别怕，我马上回来。”

女人目送她离去。

“蒂芙尼！把你那该死的耳机拿掉！快去找阿特金森！二一五张开眼睛了！她醒了！二一五醒啦！”

究竟出了什么事？

她原本坐在卧室窗边的书桌旁，大约晚上七点，安迪趴在几英尺外的地板上看电视。她正在写一封家书，谈搬到旧金山的事，一边努力不去听电视布偶戏的闹声，以及隔壁米妮和罗曼家里教团成员扰人的吟唱——而这会儿她却躺在阳光四溢的病房里，一只手正输着液，另一只手则被护士按摩着。安迪也受伤了吗？噢，上帝，不要！是不是出了什么事？为什么她什么都不记得了？

女人轻吐舌尖舔唇，她的唇上涂了带薄荷味的油膏。她睡了多久？一天？两天？她身上不痛，却不太能动。女人努力清着喉咙。

护士匆匆跑进来说：“医生来了，你先别乱动。”

罗斯玛丽喃喃问道：“我……我儿子在这里吗？”

“没有，只有你。竟然还能说话！赞美天父！”护士帮她把袖子放下来，紧握住她的手，然后走到床脚边。“赞美耶稣！”

罗斯玛丽问道：“发……发生什么事了？”

“没有人知道，亲爱的，你一直昏迷不醒。”

“有多久？”

克莱瑞丝将毯子盖到罗斯玛丽肩头，蹙眉道：“我不是很清楚，你入院时我还没来，你得问医生。”别着“我♥安迪”小徽章的克莱瑞丝微笑着俯望罗斯玛丽说。

“我儿子的名字就叫安迪。”罗斯玛丽对她回笑道，“那颗心是表示‘爱’的意思吗？”

克莱瑞丝用手指摸着圆圆的白色小徽章说：“没错，‘我爱安迪’，这种做法已经流行一阵子了，可以用在不同的事物上，像是‘我爱纽约’，任何事都行。”

罗斯玛丽说：“好可爱，我以前没见过。”

一名穿白色短袍的男子对几位在门口探头探脑的老人说了句借过，此人身形高大，发色赤黄，留了一脸赤黄色的大胡子。男人走进房间关上门，克莱瑞丝转身让到一旁，“她能说话了，而且可以移动头部。”

“你好，方丹小姐！”留淡黄色胡子的医生走到床边，咧嘴冲她微笑说，医生将自己的袋子和一包牛皮纸袋放到旁边椅子上。“我是阿特金森医生，”医生说着掀开一边的毯子，“真是天大的好消息。”他用温暖的手指按住罗斯玛丽的手腕，然后抬手看着自己的手表。

“我出了什么事吗？”她问，“我在这里多久了？”

“请等一下。”医生仔细盯着手表说，这位大胡子看来不会比她大多少，大概三十多岁。他的外套上挂了一条极其时髦、彷若铬合金细领带的听诊器，衣服一侧别着“阿特金森医生”的名牌，另一侧是“我♥安迪”的小徽章。看来“安迪”应该是这里的员工或最受欢迎的患者，她出院前，一定要设法搞一个徽章来。

阿特金森医生松开她的手腕，垂首对她微笑。“目前为止都很好。”他说，“而且是令人惊喜地好，请再等我一分钟，我想确定你不会再昏过去，然后我会尽可能把我们所知道的告诉你。你感觉到任何疼痛吗？”

“没有。”她说。

“很好，试着放轻松，我知道这不容易。”

确实很难放松，他刚才说了“把我们所知道……”。

意思是他们有些事并不清楚喽……

还有他称呼她什么？方丹小姐……

医生帮她检查心脏、眼睛、耳朵和血压时，她觉得腹中渐感寒战。

她住院一定超过两天了，这点她很确定，但该不会有两周了吧？

米妮、罗曼和其他巫师团的人对她下咒，原来他们大声诵念，就是在施咒。他们发现她打算把安迪带到三千英里外的地方，也

已经买好了机票。

她想起自己怀孕期间，那群人如何对她的老友哈奇下咒，因为他们害怕哈奇了解巫术后，会看穿他们想对她和腹中孩子所打的盘算。可怜的哈奇莫名其妙地昏迷三四个月，最后溘然长逝。她运气好，活了下来，但安迪呢？她躺在医院时，孩子完全任凭他们操控；他们一定会助长孩子邪恶的一面，那是她想都不愿去想的。“叫他们去死吧！”她说。

“对不起，我刚没听清楚。”医生在床侧坐下来，将椅子拉近，赤黄色的头往她靠近。

“我住多久了？”她问医生，“几周？几个月？”

“方丹小姐……”

“是雷利。”她说，“我叫罗斯玛丽·雷利。”

医生抽回身子，打开放在腿上的资料垂眼读着。

“快告诉我！”她说，“我有个六岁大的儿子，他落在一批我……我没法信任的人手里。”

阿特金森医生低头读道：“是克拉伦斯·方丹夫妇送你过来住院的，名义是他们的孙女，罗斯玛丽·方丹。”

“方丹夫妇。”罗斯玛丽说，“他们就是我刚才提到的那群人之一，就是他们害我住院的，我的意思是，是他们害我昏迷不醒的。我的症状是‘不明原因昏迷’，对吧？”

“是的，但昏迷并不表示……”

“我知道他们对我做了什么。”罗斯玛丽打断他，以手肘撑起身子，却又跌了回去。她不顾医护人员的警告与阻止，试图再次起身。

她抽回手肘，勉强撑住，立起身子，眼对眼地告诉阿特金森医生：“我知道他们对我做了什么，但我不打算告诉你，因为经验告诉我，你会以为我疯了，但我没疯。你如果能告诉我，我在这里多久了，这里是什么地方，以及我何时可以回家，我会很感谢你。”

阿特金森医生靠坐回去，深吸一口气，肃然地看着她说：“你在新泽西州上蒙特克莱尔的疗养院里。”

“疗养院？”她问。

医生点点头，“海尔西博登疗养院，长期看护是我们的专业领域。”

她瞪着医生问：“今天是几号？”

“星期二，”他说，“十一月九号。”

“十一月？”罗斯玛丽说，“昨晚不是才五月！我的天啊！”她躺回枕头上，双手捂嘴，仰望上方，泪水盈泛。五月、六月、七月、八月、九月、十月——六个月！就这样凭空从她生命中消失了！整整六乘以三十的日夜里，安迪都在他们手里！

她发现医生仍肃穆地望着她，仍保持距离……

罗斯玛丽松开嘴上的手，放到自己眼前，发现手背上的肌肤竟然……满布皱纹，且冒出一两块棕斑……她摸了摸另一只手，然后看着医生。

“你在这里住了很长一段时间，”医生弯身靠近，拉起她的手握住说。病床另一侧的克莱瑞丝拉住她另一只手，罗斯玛丽瞪大眼睛，嘴唇发颤地来回望着两人。

“你想要镇定剂吗？”医生问。

她摇摇头，“不要，不用了，我不想再睡了，再也不要了。我几岁了？现在是哪一年？”

医生咽着口水，含泪道：“现在是……一九九九年。”

罗斯玛丽瞪着他。

医生点点头。

克莱瑞丝也咬唇点头附和。

“你在一九七二年九月被送到这里。”阿特金森医生眨着眼说，“大约是二十七年前，在你进疗养院之前，曾在纽约医院住了四个月。不管方丹夫妇是谁，总之他们建了一笔信托基金，帮你支付之后在这里的费用。”

她躺回床上，紧闭眼睛摇着头。不可能！不可能！巫师团赢了！安迪已经长大成人，被他们用自己的方式，培养成一名陌生人，为他们效命了！安迪现在有可能在任何地方，也可能已经死了！“噢，安迪，安迪啊！”罗斯玛丽哭喊着。

阿特金森医生瞪眼问道：“你怎么会知道安迪的事？”

“她是指她儿子。”克莱瑞丝说着拍拍罗斯玛丽的手，“他也叫安迪。”

“噢。”阿特金森医生吸口气，探身轻拍罗斯玛丽的手，轻抚她的头发，对躺在床上哀哭的罗斯玛丽说：“雷利小姐……太太……罗斯玛丽……我知道在失去那么多年后，安慰你也无济于事，但就我所知，能在长久昏迷后还活过来的，仅有两人。你能醒来，而且如此清醒健康地转醒，不啻为奇迹，真的，罗斯玛丽，这真是一个不折不扣的奇迹。”

第二章

克莱瑞丝用湿布帮她擦完脸，并且整理好她的一头乱发，给她喝了些水后，他们便离开，让她一人独处。罗斯玛丽请他们将床背摇起来，她靠在枕头上，望着输液架后，窗外枝枯叶落的十一月的林子。

她还要了一面镜子。

实在不是明智之举。

罗斯玛丽天人交战了一番后，拿起毯子上的塑料手把，畏缩地再次瞄着镜子里的佩格阿姨，两人实在相似得诡异，差别只在罗斯玛丽最后一次见到亲爱的佩格阿姨时，阿姨才五十岁左右，而她现在已经五十八岁了。

罗斯玛丽把 31+27 心算过两遍，两次都得出 58。

那么安迪就是三十三岁了。

泪水又泛了上来，罗斯玛丽放下镜子，拿起一团湿纸巾擦拭双眼。振作点，老太婆，安迪如果还活着，会需要你的。

他们一定不会伤害他，因为他们崇拜他，但问题就出在这里。安迪由米妮、罗曼·卡斯特韦特及教团的人抚养长大，加上全球各处慕名前来膜拜的访客，成人的安迪必然与最荒诞的罗马皇帝一样骄宠奢逸，说不定跟那个她痛恨想起的人同样邪恶。教团的人必会无所不用其极地启发蛊诱他的恶性。

她原本力抗群邪，希望藉由爱来教导他懂得爱，并以身作则，让他学会诚实与责任感，这是受英国夏山学校的启迪。即使当时他尚年幼，无法理解，但罗斯玛丽每晚仍将他抱在膝上……

“雷利夫人？”

罗斯玛丽转头望向门口，一名年纪与她相仿——与她以前相仿——的漂亮黑发女子探进身子。女人的深蓝色套装时髦而优雅，翻领滚着白边，且一边领上别着“我♥安迪”的小徽章。女人微笑道：“我是院里的咨询师塔拉·塞茨，你如果想一个人静一静，我可以离开，但我曾经跟其他苏醒的昏迷患者谈过话，应该能对你有点帮助。我能进来吗？”

罗斯玛丽点点头说：“请进，请称呼我小姐，别称夫人，因为我离婚了。”

塔拉·塞茨进房坐到床边椅上，身上散发着香奈儿五号的香水味，至少味道没变，罗斯玛丽用力吸闻。

塔拉·塞茨露出模特儿般带着浅窝的笑容，“罗斯玛丽，你的状况让阿特金森医生非常兴奋。”她说，“他和我们主任班达胡医生稍后想做些检查，假如结果跟阿特金森医生预期的一样，你明早就能开始做康复训练了。越早开始康复训练，便能越早出院，我们有很棒的康复训练团队。”

罗斯玛丽说：“你觉得多快可以……”

泰拉抬手淡然一笑：“那不是我能回答的事，很抱歉我必须告诉你，无论你现在有多么沮丧慌乱，明天等你更清楚地意识到自己丧失的时间后，心情定会更加低落。我见过昏迷时间更短的患者都不免如此，你的情况基本上并无任何不同。”

别那么有把握，泰拉。但罗斯玛丽继续聆听。

“不过等明天过后，你的心情肯定会比今天好，且一天好过一天。明天请试着记住，明天就是谷底，但此后便会渐入佳境了，真的。”

罗斯玛丽说：“我会记住的。”然后冲她一笑，“谢谢你。”

“你有一个儿子是吗？”泰拉问。

“是的。”罗斯玛丽答说，然后摇头叹道：“现在有三十三岁了，他有可能在任何地方，他在纽约没有家人，仅有……邻居。”

“没问题，”泰拉说，“我们有寻人服务。”她从侧边口袋拿出一个像方型黑色化妆盒的东西，掀开盖子说：“他的全名叫什么？”

罗斯玛丽迟疑地答道：“安德鲁·约翰·伍德豪斯……”

泰拉用黑眼睛盯住她。

“怎么了？”她问。

“你不是说你姓雷利吗？”泰拉表示。

“那是我娘家的姓，”罗斯玛丽答道，“伍德豪斯是我的夫姓。”

“噢。”泰拉说。那化妆盒大概是一九九九年代的笔记本，只见泰拉用艳红的指甲尖在盒子上不停地按。她问：“安德鲁·约翰·伍德豪斯，拼法跟念法一样吗？”

“是的。”罗斯玛丽答道。那指甲似乎是特意为此修剪的，因为其他指甲都剪短了，感觉好奇怪。“出生日期呢？”泰拉问。

罗斯玛丽差点像卡斯特韦特夫妇一般习惯地说，六六六。“一九六六年六月二十五日。”

泰拉阖上小盒子，梨窝浅笑道：“我会去紧急寻人，五点前应该就能找到他了。”

“今天五点吗？”罗斯玛丽问。

泰拉耸耸肩，把盒子收入口袋，“信用卡、学校、车辆登记、录影带出租、读书会等，”她说，“现在这些数据全都在计算机上，而计算机全都可以联机，或者设法进入。”

“那太棒了！”罗斯玛丽说。

“它也有缺点，”泰拉说着站起来，“每个人都在抱怨失去隐私。你想看电视吗？我想这是让你与世界接轨最好的办法，你会看到许多巨大的改变。”她打开床头柜的抽屉，“其中之一是，冷战结束了，我们赢了，他们投降了。”她拿出一个棕色扁板，朝房间对面一指。“哎哟，那屏幕好小，难怪他们上个月要把你移到这里。”

化妆台上的墙壁，一面大屏电视上出现了色彩与音乐声。

“我会叫维修人员尽快给你一台大的，”泰拉说，“这是遥控器，你用过吗？”

“用过类似的，”罗斯玛丽接过布满按钮的板子，“但笨重多了。”

泰拉弯身换频道，“单击就好，”她用尖长的指甲指说，“音量大小，上下频道，这些是调整颜色用的。”

罗斯玛丽用大拇指按着，将电视画面从拿着一罐豆子的快乐妇人，转到吃谷片的开心宝宝，再转到夹克上别着“我♥安迪”徽章的严肃新闻主播上。她停下拇指，看着留胡子的黑人主播谈论加州大火。

“这是新闻频道。”泰拉在她耳边低声说，“看这个应该不错。”

罗斯玛丽转头问她：“谁是安迪？”

泰拉站直身，吸口气，瞪大眼睛吐气说：“该从哪儿说起呢……”她茫然地望着罗斯玛丽，“安迪是地球上最帅气、最具领袖气质的男人，几年前不知从哪儿冒出来——呃，其实他来自纽约，但以前都没人知道——安迪为世界带来启发与统一。我不是指政治上的统一，而是指团结共融、彼此合作尊重的同胞之爱。相信我，迈向二〇〇〇年之际，世风日下，灾祸叠起，街头枪战频仍，安迪却启迪世人，让大家明白，无论是上帝、安拉或佛陀，其实都是同一位天神的子民。他引领我们——我指的是安迪——以全新而和谐共融的姿态，迈入二〇〇〇年。”

罗斯玛丽靠在枕上看着她说：“那真是太美好了……”

泰拉叹气着对她笑道：“我跟你保证，你随时会看到他。GC以所有语言在全球播放广告——GC是安迪的组织，或基金会——

我想二者皆是。今年六月我在无线电音乐城见过安迪本人，真是迷死人了！他不常出现在现场，大都出现在电视特别节目上，他花很多时间独处冥想，是位非常讲究性灵的人，却又有风趣人性的一面，大家都认为安迪是最棒的，因此小徽章有所有语言的版本，甚至还有盲文版的！”她停下来喘口气。

罗斯玛丽说：“安迪的全名是？”

“艾德里安·史蒂文·卡斯特韦特。”泰拉说，“但他喜欢大家叫他安迪。”

罗斯玛丽死死地盯住她。

泰拉点点头：“无论是在流浪者之家或国会联席会议，他都一视同仁，安迪就是那样的人。他第一次跟……*那就是他！你看！*”

罗斯玛丽转过头。

看到了耶稣！

遥控器从她指间掉落，罗斯玛丽定定地凝望。

他看起来就像耶稣——月历上的耶稣，而非她在纽约大学演讲会的幻灯片上看到的鹰钩鼻犹太人。他有茶色的长发与修过的胡子，眼睛是淡褐色的，鼻子挺直，下巴方正。

淡褐色的眼睛？安迪？

他那双老是在寻找妈妈的漂亮虎眼跑哪儿去了？

一定是戴了隐形眼镜，要不就是在她昏迷期间，动过先进的手术。但什么都无法让他在她面前遁形，不管是淡褐的眼睛、胡子、二十七年的阔别，安迪，安迪，安迪啊。

“讨厌，这是简短版的。”当写着 GC 字样的阳光图案出现在天蓝色的背景上时，泰拉说，“他是不是很棒，很特别？”

罗斯玛丽点点头。

“你再继续看下去，就会看到加长版的，还有其他片子。”泰拉说，“它们是电视上最棒的广告，是由知名导演拍的。”

罗斯玛丽手持遥控器呆望，彷佛忘了遥控器的作用。

泰拉问：“你还好吗？”

罗斯玛丽看看她，然后问道：“GC 代表什么意思？”

泰拉对她笑道：“God’s Children，上帝的孩子。我待会儿就回来。”泰拉转身走向门口，然后回头用尖指指着罗斯玛丽。“我们会找到你的安迪的，我跟你保证！”

接下来五分钟，她看到同一个广告的加长版和两个不同的短片。

她看到安迪站在远处，接受中央公园里满坑满谷的群众鼓掌。

在航空母舰甲板上，听大群水手高声欢呼。

她看到安迪的特写，他直视她的眼睛，表情温柔，充满关爱，还带些调皮。天啊，他的眼睛虽然平凡无奇，长相却俊美无比，她可是客观而论，并非出自母亲的私心。

罗斯玛丽听到安迪的声音了，他那坚毅温柔的嗓音，依旧带着昔日六岁时特有的沙哑质感。安迪并未要求观众做大事，只希望观众能稍稍深入地想一想，毕竟我们都源出同一小群祖先，无论我们的祖先是何种体型、肤色，大家其实都是一家人，何苦如此经常为难对方，这说得过去吗？我们难道不能放轻松一点，点起蜡烛等等之类的……

克莱瑞丝和另一名护士将她抬上推床时，罗斯玛丽兀自思忖。

被推入检验室时，她还在想。

班达胡和阿特金森医生从她臂上抽血，做四肢电子感测时，仍在思虑。

若非她在安迪幼年时教导有成——便是巫师团的人为撒但之子，找到了绝佳的伪装。

那才是真正的安迪，无法抵赖的事实。安迪不仅是她的儿子，更是撒但之子。

不过巫师团所有十三名成员，应该都不在人世了吧？因为当时连最年轻的海伦·韦斯和斯坦利·尚德，也都有六十多岁了。

不管安迪打算用这个“上帝的孩子”基金会和大批广告做什么，应该都是他的主意，而非教团的。他喜欢被称作安迪，应该算是好兆头吧？罗曼最初想叫他艾德里安·史蒂文——合并了罗曼父亲的名字和他自己的真名—却遭罗斯玛丽否决。

教团的人有二十七年的时间可以喊他艾德里安·史蒂文，或任何想要的名字，但他却选择了安迪。

或许夏山学校还是发挥了作用。

她坐在床上喝汤，身上的输液管也拿掉了，她从几十个频道中选了一个停下来，看一名杀人犯的老婆接受一个油头粉面的痞子访问，这时泰拉进来了，手里抱着一大捆满到溢出来的红、黄玫瑰及橘褐色菊花。“嗨，瞧瞧你！”她将花束摆到梳妆台上。“很抱歉，还没查到你儿子的消息，他们到目前为止找到四十二位安德鲁·约翰·伍德豪斯，但只有住在苏格兰阿伯丁的那位年龄相符，但他是三胞胎。我相信他们一定会找到你儿子的。”

别那么有把握，泰拉。罗斯玛丽问：“你觉得，等我恢复人样后，有可能去上其中一个访谈节目吗？”

泰拉瞪大眼睛说：“你在开玩笑吗？这些花就是他们送来的！你现在看的这家电视台送了玫瑰，他的敌台则送了别的，反正大家电话打来打去，就连我们现在说话的当下，第五频道已经在马路对面架起了摄影机。”

罗斯玛丽望着她。

“你出名啦！”泰拉说，“没看到新闻吗？你是昏迷二十七年半后今早才醒来的女人，现在竟然能坐着看电视！而且还能喝汤。你一定会被列入《吉尼斯世界纪录大全》，以前有《吉尼斯世界纪录大全》吗？”

罗斯玛丽点点头。

泰拉说：“等你准备好后，想上什么节目，就上什么节目。”

“很好。”罗斯玛丽说，“我的哥哥姐姐应该还活着，也许还住在奥马哈，能请你们的寻人服务帮忙找他们吗？”

“也许他们会知道你儿子在哪里。”泰拉拿着她的笔记盒走到床边。

“我很怀疑。”罗斯玛丽说。

“那他父亲呢？”

罗斯玛丽沉默片刻后说：“有没有一位叫凯·伍德豪斯的知名

演员？演舞台剧或电影的？”

泰拉摇头说：“没有。”

“你有没有听过凯·伍德豪斯这个人？”

“从来没有。”泰拉表示，“不过我已经算见多识广的了。”

“那么也许他已经死了。”罗斯玛丽说。

泰拉瞄她一眼。

罗斯玛丽先说出布莱恩的名字及出生年月日，然后再说出其他人的信息。

凯一定是在这二十七年间的初期去世的。

否则就是撒但在骗人。有何不可？飞鸟尽良弓藏，狡兔死走狗烹。

无论理由为何，凯任由她被利用九个月后，并未获得约定好的报酬，没有成为劳伦斯·奥利维尔或马龙·白兰度第二。

可怜的凯。

很抱歉，我不想再为你掉眼泪了。

第三章

十一月二十三日周二晚上，就在感恩节前两天，罗斯玛丽奇迹式苏醒后的两个星期，“睡人罗斯”—这是报纸对她的称呼—做了第一场电视访谈直播。

罗斯玛丽做了新发型（由刚蹿红的发型设计师赞助），穿上时髦外套（由大商场赞助），坐着白色加长豪华轿车（广播公司赞助），从华尔道夫酒店到西区的摄影棚，她在当天早上住进酒店的顶级套房（由电视公司赞助）。罗斯玛丽在保安的帮助下，勇敢而快速地穿越不断推挤的记者群。

“结婚前，我曾在 CBS 电视台当过制作助理。”她告诉化妆师。

“我听说过。”化妆师帮她扑粉时说。

“在六〇年代，女人结婚后就待在家里了。”罗斯玛丽表示，“至少我是那样的。”

“我可以接受。”化妆师说着，又帮她擦粉。

罗斯玛丽坐在高脚椅上，礼服（由知名婚纱公司赞助）上罩着一条毛巾（由化妆师提供），忍不住欣赏起镜子里的佩格阿姨。她看起来顶多四十五岁。“你真是位魔法师。”她说。

“你的骨架很漂亮。”化妆师帮她喷雾定型。

“也只剩下这项了。”罗斯玛丽答道。

罗斯玛丽基于两个理由选择上这个节目：第一，节目是现场直播，因此她的话不会被剪掉——如果他们认为她疯了的话；其次，主持人很聪明，对来宾也由衷地感到好奇。

她隔着窄桌面对主持人，摄影机在一旁潜行。

“请告诉我们，罗斯玛丽。”主持人叠着手臂，靠向前问，“你醒来以后，想到的第一件事是什么？”他穿着常穿的衬衫、吊带裤，别着“我♥安迪”的小徽章。

罗斯玛丽微微一笑，果然不出所料。“我第一个想到的是我儿子，安迪。”她说。

“是的，我知道你有个下落不明、名叫安德鲁的儿子。所以你戴着徽章，其实是为两位安迪而戴的，是吗？”

她吸了口气——天佑这位老兄——然后冲自己的“我♥安迪”徽章一笑。“不是，”她摸了摸徽章，然后抬眼说，“我只为一位安迪——为我的儿子，安德鲁·约翰·伍德豪斯而戴。我们以前住在卡斯特韦特家隔壁，他们是我们的朋友，我昏迷后，安迪显然由他们接手照顾，也许他们合法收养了他，既然现在我已康复了，希望我能很快查明。”

主持人隔着眼镜瞪着罗斯玛丽问：“你的意思是，愿他安息，罗斯玛丽，你是说安迪，安迪·卡斯特韦特是你的儿子？”

“是的。”她说，“我知道理论上米妮·卡斯特韦特是他的母亲，但她年纪太老了。安迪和我的公寓，跟卡斯特韦特家背面相连，那时我们住在布拉德福德大厦。”她的面容停留在摄影棚的监视器上，摄影机不断拍摄她的眉眼和嘴唇。

“那……罗曼·卡斯特韦特是安迪的父亲吗？”

“不是。”她说，“安迪的父亲是我的前夫，一个叫凯·伍德豪斯的男人，我想他现在已经不在人世了。”

主持人在镜片后眨着眼说：“这消息实在太惊人了，罗斯玛丽·雷利，安迪从小在布拉德福德大厦长大，是众所周知的事，这点你知道吧。”

罗斯玛丽说：“不，我不知道，我是说，我并不知道那是众所周知的事。”

“你试过跟他联络吗？”

“我现在就是在跟他联络。”她表示，“我觉得这样能省去许多解释，省去许多人的疑虑。”

“让我们拭目以待。”主持人隔着桌子对她微笑，“也许我们在节目结束前，便能收到安迪的消息了。”他转头面对镜头，一脸怀疑地说："世事难料，"镜头拉到主持人特写，"曾有被捕的侵占公款犯，在本节目里宣布竞选总统——说不定她真的就是安迪的母亲。我们先休息一会儿，稍后回来继续收看'睡人罗斯'，罗斯玛丽·雷利。我们将播放安迪在本节目的片段，以及观众朋友的来电——说不定安迪本人会有回应。千万别换台！"

全球的电话公司在短短三分钟内的通讯量飙到破表。

又经过两次暂停休息后，主持人向前倾着肩说："罗斯玛丽，上次休息期间，我们接到GC新闻主任黛安·卡莱姆来电，她也曾经担任本节目的嘉宾。安迪正在亚利桑那州静修，但已得知你今晚在此所做的声明——你真的是他的亲生母亲。刚才十五分钟他都在看电视。"主持人看着亮红灯的摄影机说："嗨，安迪。"然后回头看罗斯玛丽，"黛安告诉我说——我想这点并不意外——安迪由衷地祝福你，他跟大家一样，祝贺你能奇迹般康复。"

罗斯玛丽表示："谢谢你，我也谢谢他。"罗斯玛丽瞄向亮红灯的摄影机。

"黛安还告诉我，安迪有个问题想问你。你能试着回答吗？"

"当然。"罗斯玛丽答道。

镜头拉到主持人的特写，"安迪想知道你是否还记得，在你陷入二十七年半的昏迷之前，究竟在做什么。"

镜头切到罗斯玛丽。"是的，我记得，"她说，"在我记忆中，彷佛只是两周前的事。我当时坐在卧室窗口的书桌边，那是一张有掀盖的古董桌，我正在用手提式打字机写信。”她转向亮红灯的摄影机，“当时安迪趴在地板上看布偶戏节目《库克拉、弗兰和奥利》。”

窄桌另一端的主持人看着对面的罗斯玛丽咯咯笑道：“《库克拉、弗兰和奥利》啊……”他转向镜头，摇头笑说，“我觉得听起来相当真实，我们等着听安迪如何回应，谁能料中接下来会发生什么事。请稍等片刻再回来！”

安迪要求私下通话，因此节目又插播休息时段，罗斯玛丽被带至某人腾出来的办公室里，办公桌上有架电话闪着红灯。

罗斯玛丽坐下来深深吸气，然后拿起话筒贴到耳边。“安迪吗？”

“我正泪流满面。”

罗斯玛丽登时热泪盈眶。

“他们告诉我说你死了！我好气，却也好高兴，我真是又气又喜！”

两人都说不出话来。

罗斯玛丽试着去拉抽屉——但抽屉锁住了——她又去拉另一个，想找纸巾。

“你还在吗？”

罗斯玛丽用手抹着眼睛说：“在呀，亲爱的！”

“听我说，我们新闻主任正在跟他们用另一台电话讨论，你若不想上最后一段节目，就别勉强。你想上吗？”

罗斯玛丽边考虑边拭泪。“我会把节目上完，毕竟是他让我们团聚的，我不想把主持人独自丢下不管。”

他对着她耳朵朗声大笑，“我都忘了你有多么善良。不，没有，我没忘，我也会出来发表言论的，我们明天得召开一场完整的记者会，当然除非你不愿意。他们安排你住哪儿？”

“华尔道夫。”罗斯玛丽答道，“感觉好奇怪！我在跟一名成年男子说话，而那个人竟然是你！两星期前，你还只有六岁，安迪！”

“你什么时候回酒店，母亲？”

“节目一结束就回去，”她说，“我会尽快赶到！”

“堵车的话大概要十点半吧，我十点四十五分会到。”

罗斯玛丽惊抽口气，“从亚利桑那来吗？”

“我现在在曼哈顿哥伦布圆环，我在这边有间公寓，就在GC纽约办公室楼上。我们会对外宣称是搭飞机赶来的。你的房间号是多少？”

“我记不得了！是间高楼层的套房！”

“我会到的，你在电视上看起来好美！”

她又哭又笑地说：“噢，我的天使，你也是！”

第四章

摄影棚外的观众呈指数爆增，刚好找借口快速离去。罗斯玛丽再三答应会和安迪一起回来上节目，然后便随着安全人员由侧门出去，穿越一间希腊餐馆的厨房和车库，来到等在第九大道的轿车上。这是原本为单纯的“睡人罗斯”安排的脱身路线。

壮汉司机十点前便将她送回华尔道夫酒店了。安全人员带她穿过热闹的大厅，进电梯直达三十一楼。门房帮她拿卡片刷门锁时，罗斯玛丽在安全人员从皮夹拿出来的纸片上签名。

客厅电话录音机显示有三十七条留言，罗斯玛丽按下“保留”及“切掉铃声”的按钮。

十点四十，她已冲过澡，在苍老的脸上化好了妆——她还是很难接受——站在卧室镜子前，将她的“我♥安迪”徽章别到各家商店争相送来的衣服中最不怪异的一件休闲服上。那是一件类似丝绒的钴蓝色长袖系腰拖地长袍。

外侧门上传来敲门声，罗斯玛丽心头一顿。“客房服务！”罗斯玛丽又恢复心跳，想起自己刚才点了虾和奶酪。一名白发服务员推着餐车进门，他的脸几乎跟他别着镀金“我♥安迪”徽章的外套一样红。“要推到前厅吗，夫人？”服务员问。

“好的，谢谢你。”罗斯玛丽跟在服务员及摆了十几个圆罩盖的餐盘推车后，“我只点了虾和奶酪。”

“这是酒店送的，夫人，要我拉开餐台吗？”

“麻烦你了。”她说。

罗斯玛丽打开巨大的电视，服务员拉开桌翼，重新摆放圆盖餐盘、银器和餐巾。新闻已播到体育项目了，罗斯玛丽关掉电视问：“有没有可以让我签小费的账单？”

“没有，夫人，千万不可。”服务员从加了镜子的小吧台里拉出柚木屏风，“不过若是可以的话，我会感到非常荣幸……”

罗斯玛丽为他在鸡尾酒餐巾纸上签名。

她低头从窗帏空隙窥望底下红白分流的车灯、公园大道两侧以及在几条街口外汇流的车道。待会儿等拥抱亲吻完后，她该说些什么？她该如何有条理地提问？更重要的是，她如何能确定安迪回答的是实话？

称他是天使并不为过，那是她的感受，对他的自尊也有益处。

她以前常这么唤他，安迪也确实像个小天使，但他也是半个恶魔；她不能忘记这点，尤其是今天晚上。

安迪曾对她说谎，且不止一次地让她信以为真。就在几个月前——应该说是近二十八年前——米妮和罗曼的大理石壁炉架被他敲破了一小块，结果安迪唬得他们三人完全相信他只是……敲门声传来。

罗斯玛丽转身正待走到前厅，却又听到一声："客房服务！"另一名穿红外套的服务员端着摆了冰桶和酒杯的盘子进来了。"这是酒店招待的香槟。"

罗斯玛丽停下脚步叹道："谢谢你，真好。能麻烦你把东西放到吧台上吗？"她转向窗边。

五岁半的安迪不仅让他们三人完全相信……"在开酒前，我能至少先得到一个拥抱吗？"

罗斯玛丽当即转身。

他站在吧台旁对她灿然而笑，是安迪！帅气如耶稣的安迪用两手将头发往后一拨，蓄着胡子的脸庞容光焕发，眼神炯亮。"我不想引起骚动。"他穿着别有"我♥安迪"及镀金钮扣的红外套走过来，一边扯掉黑色蝴蝶结领带，解开衬衫领口，摊开双臂。

母子拥抱亲吻，忙着叹息轻抚欢泣擦泪，安迪拿餐巾包住香槟，噗地一声敲开瓶塞——一副专业架式。

罗斯玛丽咯咯笑道："你这些东西是哪里弄来的？"

"楼下酒吧。"他跟着她一起大笑。"我跟一名服务员发誓会为他保密，你不知道大家有多么乐意帮我！"他将包妥的瓶子一倾，在她的水晶高脚杯里注入醇酒，直至满溢杯缘……

他也为自己斟酒……

两人举杯彼此凝望，安迪比她高了，酒泡慢慢退成淡金色的酒。安迪摇着头对她说："言语真的无法表达。"两人四目相锁，碰杯啜饮。

"是隐形眼镜吗？"她问。

"是老掉牙的巫术。"他说。

"很漂亮，"罗斯玛丽表示，"改善很多。"

安迪哈哈一笑，靠过去亲吻她的脸。"我还以为你很诚实呢。"他说，"我们坐下来吧，妈，很多事我得跟你解释。"

"'上帝的孩子'原本是个陷阱，一个消灭全人类的死亡陷阱，他终于要打胜仗了，即将在顷刻间造成世界末日。"安迪眼神燃亮地说，她几乎可以再度看见他那对虎眼。"但现在既然知道是他纵容教团害你，并故意将我蒙在鼓里！"他吸口深长的气，"我非常高兴我他妈的把他搞砸了！请原谅我爆粗口，但我的确做了，妈，我毁掉他精心安排了三十三年的伟大计划。"

两人紧倚而坐，彼此睇视，四手交握，他们坐在深色沙发中，各自盘起一条腿。

"他到人间就是为了这件事。"安迪告诉她，"巫师团向来不遗余力地'召唤'他——包括真正的巫师和自认是巫师的各种冒牌货——他都一笑置之，但他得趁二〇〇〇年前，在人间生出一个符合年龄的孩子。所以当布拉德福德大厦的巫师团在一九六五年，把你放在祭坛上召唤他时，他便现身回应了。”罗斯玛丽别开眼神。“对不起，”安迪弯身亲吻她的手，“我真是太莽撞了，对不起，那次经验必然十分可怕。”

她吸口气看着安迪，“继续说下去，那计划打算怎么做？”她看着安迪喝了口香槟。

“嗯，”他舔舔嘴，将杯子放回茶几上。“首先，得有一位极具魅力的领袖，一名伟大的沟通者。”他冲她一笑，“那人得有正常人的眼睛，且在传教时，最好正值耶稣的年纪；甚至要长得有点像他。”安迪扬起下巴，用手指刷了刷自己的胡子。“要刚好可以吸引基督徒，又不会吓跑伊斯兰教徒、佛教徒和犹太人。”他笑道，“这位领袖因拥有庞大的人脉和资金，能发动史上最棒及最大规模的媒体宣传。”他收起笑容，转开眼神，心烦地吸口气。

罗斯玛丽望着他。

他回头看着罗斯玛丽说：“等造势到达巅峰，等世上所有人都相信他后——除了一小群激进的无神论者外——他将背叛世人，用生化制剂掀起史上最大最彻底的一场背叛，你不会想知道的。”

罗斯玛丽心中一凛，无论“生化”是什么，听起来都会要人命。

他靠向她，紧握住她的手。“他们培育我，就是为了这个目的，母亲。”他说，“由他和教团调教我，然而当米妮、罗曼和艾比几位死硬派成员去世后，我开始对他们提出质疑。当时我正值青春期，觉得许多礼拜和仪式十分可笑，令人反感。我喜欢人类，喜欢大部分的人类，不管创造他们的人是谁，我毕竟是半个人类，不是吗？有一半的你？你瞧瞧我，超过一半！”

罗斯玛丽点点头，咬着唇。

“所以我开始反抗，”他说，“我身上那一半的你变得比他那一半强大。我们母子相处的短短几年……”他摇着头，眼睛润湿，“我努力维护那份回忆，回想你的温柔甜美和善良……”他揉着双眼，努力对她微笑。

罗斯玛丽抚摸安迪的面颊说：“唉，我的安迪……”

两人靠向彼此，轻轻啄了一下对方的唇。

她用手背擦脸，对他微笑眨眼。

安迪挪开身，解开腰上的镀金钮扣。“就像我说的，我反抗了，他无法控制我——这也更证明我的人性胜过魔性——我决定把 GC 变成他意图伪装的模样，对人类做出贡献。安迪的信息非常简单真实，除了激进派无神论者，任谁都能接受。妈，你知道后来如何吗？这一切果然奏效了。气温下降了几度，每个人的脾气都温和了些，师生、雇佣双方、夫妻、朋友、国家间——大家更能和睦相处。就某方面而言，那是献给你的——应该说，实际上就是献给你的：感谢你在最初几年赐给我的一切。”

罗斯玛丽打量他，然后问道：“那么他……”

“作何感想吗？”安迪叹口气，笑了笑，“该怎么形容呢？想象一位保守的父亲，看到儿子跑去参加和平工作团当志愿者的感觉，再乘十倍。”

她对他笑说：“你很会惹他生气。”

“我是伟大的沟通者嘛。”他对她笑说，“他气炸了，我们吵了一架，不过我在这里时，他无法做任何事阻止我，他若可以，早就出手了。”他瞄了一眼手表，黑与金的表上有多重盘面。“我得走了。”安迪站起来。

“这么快？”她也跟着起身，同时拂开他搭在肘上的手。

“有重要人士来访。”他说。

“你什么都没吃！这儿有这么多食物！”

他咯咯笑着把手伸入夹克里，“母亲大人，从明天起，你想甩都甩不掉我。”他将卡片放到茶几上，“这个电话随时能联络到我。”他揽住罗斯玛丽，一起往门口走去。“我住的那栋大楼底层有间一流的旅馆，我们明早会让你搬过去，我住在顶层五十二楼，可以俯瞰公园，景色美到无以复加。纽约 GC 占了三层楼，第八、第九和第十层。”他在前厅扣上衬衫领扣。“你觉得你明天下午能出席记者会吗？我若能现在知道，会比较好安排。”

“当然可以，应该会很好玩。”她帮他夹紧蝴蝶结领带的夹子，安迪扬着下巴。“我得拿回盘子和冰桶，否则会穿帮。”

罗斯玛丽用穿拖鞋的脚将门抵开数英寸，笑咪咪地看着安迪走到吧台再折回来，她说：“这次感恩节一定很棒！”

“哎呀，糟糕，我忘了。”他说，“我有事，得去迈克·范布伦家，能陪我去吗？求你了？”安迪站在她面前，将盘子托在肩上。“我得走了，共和党半数右翼人士都会出席，我周六晚上住在白宫，保持公正的立场很重要，尤其一开始的时候。”

罗斯玛丽帮他扣上夹克扣子，“嗯，我虽不是他们那一派的，不过当然没问题，我的宝贝儿子。”

“他们一定会爱死你的。”他对她笑说。

罗斯玛丽踏上前直视他。“安迪。”她拉住其中一颗镀金扣子问，“你跟我说的真的全是实话吗？”

他的淡褐色眼睛——现在她渐渐适应了，看起来挺好的——热切地闪着光，坚定地回望她的眼眸。“我发誓句句属实，妈。”他说，“我知道我小时候会撒谎，而且我现在也会——还不少，但我再也不会对你说谎了，妈，永远不会，我欠你太多，爱你太甚，你要相信我。”

罗斯玛丽抚着他的脸说：“我相信你，我的宝贝。”

“噢，拜托。”他说。

二人轻吻，然后罗斯玛丽目送安迪将冰桶扛在肩上离去。

她关上门，眉头蹙锁。

第五章

安迪的母亲住在华尔道夫，安迪一定也在那里。新闻说他昨晚从亚利桑那搭机过来了。

而且今天下午三点要在哥伦布圆环的 GC 纽约总部召开记者会。

纽约都会区的居民将各种信息拼凑在一起，自四面八方大批涌入整个区域，加上明天开始有四天连假，大伙开着车、搭公交，美国国铁、长岛铁路、B 铁路、D 铁路、溜着滑轮、推着推车，离开城中的办公室，纷纷赶来。到了十一点，形形色色的男女老幼，已挤满这条路线沿途的人行道了。自公园大道往北有九条街区，往西有五条街区，其中三条街区的路有两倍长，至五十九东街及中央公园南路。

纽约为了准备感恩街游行，警力已十分吃紧，警员在面对被挤得咿呀响的栏杆时，应该会显得粗鲁而不耐烦——但他们却开心地笑容满面。这一切不都是为了安迪，还有安迪的母亲吗？

安迪和罗斯玛丽在酒店前厅拥抱，他穿着GC拉链夹克和布鞋，她则是名牌套装，别上自己的“我♥安迪”，搭配高跟鞋。安迪为她介绍随行的团队——GC新闻主任黛安·卡莱姆、好友兼司机乔和秘书朱迪。朱迪会帮她把四百二十九条留言转到GC的计算机再依序分类。另外还有穆罕默德及凯文，他们已经拿着硬纸箱，到卧室里帮她收拾衣服了。他们开了一辆未加标志的厢型车，穿过六十五街的公园，南下第二大道，避开群众。“你看见外面的情况了吗？”黛安问。

“我简直不敢相信！”罗斯玛丽说，“就好像教宗跟肯尼迪莅临一样！”

黛安点点头，羽绒般的头发灰白，眼眸紫蓝，她年近七十，黑色大号洋装的胸口挂着金色的GC标志。黛安用女低音般的声音说：“所有人都耐心地等候着，祈求能一睹安迪母亲的风采！我昨晚看到节目了，知道您并不想坐黑窗礼车，匆匆从他们身边经过。您是位优雅而仁厚的女士，所以我便擅自做主。”她咚咚有声地拍着自己的胸脯，“这件事与安迪无关，是我的主意，但如果你能同意，他也不会……”

母子并肩靠在人造皮饰的座椅上，两手交握——安迪的右手和罗斯玛丽的左手——乘着敞篷马车，沿公园大道哒哒而行，对簇拥在栅栏后的两侧人群、各种“我♥安迪”及“我♥安迪的妈妈”的自制标语，以及办公大楼窗口伸出的手，挥手微笑点头。

一辆警车为他们开道；安全人员随行在侧；另一名安全人员则陪同戴着高顶帽子的车夫，高坐在马车前方。安迪每隔一条街口，便要抱抱罗斯玛丽，亲吻她的脸；群众高声欢呼。他低靠过去在她耳边说话，“再过一会儿，你就会觉得自己像个白痴了，对不对？”接着群众发出更大的欢呼声。

媒体直升机在空中轰轰飞绕，当底下缓缓移动的队伍在五十九街拐往西边时，公园大道左侧车道的车辆，一路从六十街堵到七十街。

他们被迫在第五大道等候了几分钟，直到灯光万丈的广场饭店前的摄影机暂停拍摄为止。安迪在罗斯玛丽耳边说：“电影、电视广告、时装摄影，在这个城里，你哪里都去不了。”人群报以欢声。

马车哒哒地沿中央公园南路行进，母子挥手、微笑，对益发壮大的人群和更加泛滥的牌子点头致意——“我♥安迪”、“我♥罗斯玛丽”的牌子在公园里遍地开花，甚至攀挂树上。

前方公园尽头，一栋金窗闪烁的高塔耸踞于蓝天之下。

罗斯玛丽摇摇头，转身对安迪说：“我是在做梦吧。”然后亲吻他的脸，抱住他。群众欢声雷动。

罗斯玛丽指着细瘦的麦克风前面说：“你。”

“谢谢，您希望大家怎么称呼您——雷利、伍德豪斯，还是卡斯特韦特？”

她答道："呃……大家现在似乎都只喊名字了——我不知道是不是受到安迪的影响，还是迟早会如此。"没想到这番话竟引来一阵笑声，"所以，叫我罗斯玛丽就好，法律上，我叫罗斯玛丽·艾琳·雷利，但事实上，我最喜欢的名字，应该是今天在某些牌子上看到的——安迪的妈妈。"

众人大笑，伴随一阵掌声，相机咔喳乱响。站在人群里的黛安奋力鼓掌，微笑点头。

"塔楼"是栋办公大厦，早期为电影公司总部；建筑师利用高耸的天花板，将GC纽约总部九楼设计成圆形剧场式的大礼堂，这是安迪的点子。五道铺着深绿色地毯的陡阶上，感觉每平方英寸都挤了六十个人；另外还有二十人立于两侧。安迪和罗斯玛丽坐在半月型舞台上，一张覆着天蓝色布块，别着镀金GC标志的桌子边。天花板的吊杆上挂着三架录像机，不时移动镜头、停顿、转动。穆罕默德和凯文拿着麦克风杆走来走去。

笑声渐歇后，罗斯玛丽满面笑意地指着左手边说："你。不对，是你，对了。"

"罗斯玛丽，你对错失安迪的整个成长过程有何感想？"

"太难过了。"她说，"那绝对是这场经验中最糟的一环，可是……"她对安迪一笑，紧握他的手，"我很庆幸，他没有我，还能过得这么好。"

安迪挨近说："我没有，一点也不，而且妈妈并未错失一切。昨晚我告诉她——或者应该说是今天早上吧——在一至六岁那最重要的几年中，她都跟我在一起。今天我所遵循的道路，就是她为我铺设的。”

又是一阵鼓掌与相机快门声。“罗斯玛丽！”“罗斯玛丽！”

她指道：“你。”

“罗斯玛丽，自一九六六年夏天迄今，尚无人能找到安迪的生父，或找到任何跟他父亲相关的信息，你能解释原因吗？”

“不，我没办法。”她说，“凯那时去加州了，我们离婚后便失联了。”

“你能多告诉我们一些他的事吗？”

罗斯玛丽缄默不语，然后清清喉咙说：“我昨晚说过，他是位非常杰出的演员，曾演过三部百老汇的戏，《路德》、《没人喜爱信天翁》和《枪口》。我们俩显然有歧异，但他曾经，或许现在还是——一个很好的人——贴心而无私……”

安迪搭住罗斯玛丽的手臂说：“母亲的记忆还有部分尚未完全恢复，麻烦各位，能问点别的问题吗？约翰？”

她想跟安迪单独谈话，然而当他们来到七楼的套房时，客厅里挤满十二位GC纽约总部的核心男女成员。一位服务员送上小菜，调酒师则忙着倒酒。黛安介绍法务主任威廉及出版总监桑迪，罗斯玛丽还在喝第一杯吉普森鸡尾酒，根本来不及记清他们的姓名时，安迪已过来拍她肩膀，用那对漂亮到不行的淡褐色眼眸，对她露出“对不起，现在该走了”的眼神。他对威廉及桑迪致歉后，将她拉到一旁。

“对不起，妈，我现在得走了。”他说，“路易斯安那州的公共卫生官员要来见我，这是上周就安排好的，我不确定他们想谈什么，或要谈多久。你若需要任何东西，或今晚想看表演，就请黛安、朱迪或乔帮忙安排。方布伦的农场在宾州，我们中午出发开车过去。”他朝窗口偏了偏头，“乔会来接你。”在亲吻罗斯玛丽的脸后便离开了。

乔站在二十英尺外的窗边，他嘴含杯子，低头看着公园里的人或事，或许他只是在想事情。此人魁梧壮实，身着茶色灯芯绒夹克和牛仔裤。现代人似乎不管去哪都穿着牛仔裤，他发色渐灰，年纪虽大，却魅力十足，有种说不出的性感。她已经有一阵子不曾有过那种感觉了。

他算老的了，也许比她大上两岁。乔转身与罗斯玛丽四目相对，罗斯玛丽微微一笑。“罗斯玛丽。”黛安拍拍她的肩，请她转身，“我们的财务主任杰伊想见你。”

“真是三生有幸啊，罗斯玛丽！”杰伊说，“恭喜你！还有那个马车！黛安，你真是天才！”他看起来像只鹰鸟，矮小尖嘴，眼镜后头一对大眼，发色黑若乌鸦。“一个多小时的全球性曝光！”他哇哇叫道，“全部费用仅五百美元！那还是马车要算钱的情况下，他们很可能不会收钱！”

罗斯玛丽借故离开，到吧台添酒。

“现在会点金普森酒的人不多了。”调酒师搅着酒说。

“安迪的妈妈？”

罗斯玛丽回过身。“蟹肉饼。”乔递上两根木签说。

“噢，谢谢你，乔。”罗斯玛丽接过一根。

乔跟调酒师点了杯威士忌，然后两人吃着圆烫的蟹肉饼，四目含笑地彼此相视。他的眼睛是深色的，鼻子看似断过一两次。

“很好吃。”她说。

“嗯。”他拿餐巾擦嘴，把饼嚼完。“罗斯玛丽，我无法对你尽述，我能为令公子效劳，心中何其荣幸。我还以为自己的黄金岁月已经过了——我原是纽约市的金牌警察——但我实在大错特错。如今你也是我们的一员了——呃，我真的不知该说什么。”

“说声‘干杯’如何？”她笑道。

“好主意。”

“干杯。”两人碰杯饮酒。

他手指上没有戒指。这年头的人还会戴婚戒吗？罗斯玛丽将左手放到吧台上。

乔告诉她：“若有任何人想找你麻烦，任何疯子纠缠你，就来跟我说——你一定会遇到这种人一只要碰到问题，让我知道就对了。”

“我会的。”她说。

“安迪去静修或在别处忙碌，不需要我时，我通常会待在四十层的水疗中心，而且我就住在第九大道，所以你不用急。”

“我不会的。”罗斯玛丽说：“你姓什么，乔？”

他叹口气，“马菲亚[1]。”说着乔抬起两根手指，“要拼两个F，还有，我不是黑手党，但我的确很受人尊重。”

---

① Maffia，意大利黑手党的名字。

她对他笑说："就算你叫乔·史密斯，我相信你还是会受到许多尊重。"

"罗斯玛丽。"黛安拍着她的肩，请她转身，"克雷格很想见你，他是我们的电视节目导演。"

罗斯玛丽跟克雷格谈话时，乔轻碰了一下她的肩膀。"保重了，"他说，"安迪说中午十二点见。"

她不想惹乔·马菲亚不开心——因为她喜欢他，但谈不上有情愫色彩——因此一开始的十五分钟，他们先三人一起谈话。乔扭头对着肩后解释，为什么维京人队会有机会扳倒牛仔队。她则告诉他和安迪，从梅西商场楼上看到楼下的气球时，会让人很想往下扔利器，还有听到人们对自己尖叫挥手时，她只好学阳台上的格蕾丝王妃[①]一样，从卧室窗口回礼。

等车子从林肯隧道出来后，罗斯玛丽才对安迪打手势，安迪在谈话暂歇时，伸指往右侧扶把一按，一大片黑板子便从前座后方升起，遮去乔微秃的后脑及半数天光，将他们幽闭在震动的黑皮小包厢里。由黑窗筛落的蓝光，淡淡照着。

"安迪，"罗斯玛丽悄声说："看到自己在电视上谈凯还有离婚的事，我觉得很不自在，还有……"

"你回应得很好，"他说，"就这么一个问题。"

"还有关于米妮跟罗曼的事？"

---

① Grace Kelly，指嫁给摩纳哥王储的女星格蕾丝·凯莉。

他耸耸肩，“那就别再接受采访了，你若不爱受访，就别勉强。不过说真的，你看起来很棒，你瞧这里，读读看。”他手边摆了报纸，两份小报的头版都是安迪在记者会上吻她脸颊的整版照片，其中一份打着白体字“感天谢恩！”，另一份是“感恩节庆！”。“还有，你不必悄声说话。”安迪朝前方点点头说，“乔会听音乐或者运动广播节目，我们在这里说的话，他一句都听不到，相信我，我知道。”他好笑地抬着眉说。

“那其他人呢？”她问，“我不知道谁会知道些什么——黛安、威廉……”

“没有人知道任何事！”他说。

“他们没有参加……？”

“参加什么？巫术？撒但崇拜？”

她点点头。

安迪高声笑道：“我跟你保证他们不是。”他说，“我遇过的巫师多到够喂饱我一辈子，十辈子了。所有GC的工作人员——我是指核心成员——都是在我决定改邪归正后，才挑选聘用的。威廉曾在三位总统任下担任驻芬兰大使。黛安可算是媒体人之后；她在戏剧工会做了三十五年。他们只知道GC是一个协助彷徨于歧途的人类的机构，从不知道GC还有其他意图。他们很以成为GC的一员为荣，其他所有人也一样。”

罗斯玛丽说：“但他们认为GC是从哪里来的？”

“跟众所周知的出处一样。”安迪说，“多年前，GC由一群好心的匿名工业界人士创立赞助，一切都有记录，至于我父亲是谁……”他拉起罗斯玛丽的手，挨近说：“如今人世间只有两个人——这提醒了我，我还有件事得告诉你，免得忘了——仅有两个人知道他是谁。”他来回指着两人，“就是我们。”他握紧她的手，盯住她说：“所以跟你重聚，才会令我如此的欢喜。不单单因为你是我母亲，也因为你知道我的身份，因为我不必对你隐瞒事实！你对我不也有那种感觉吗？当年你跟多少人提过那晚的事？”

罗斯玛丽摇头说：“一个都没有，有谁会相信我的话？”

“我就相信。”他说。

两人彼此相视，紧紧拥抱。“我好爱你！”他对她耳语，她也回道：“噢，安迪，我爱你，宝贝！”两人互吻对方的太阳穴、脸颊、嘴角，罗斯玛丽轻推着，两人才放开彼此。

转身分开而坐。

重重吸气。

他用手指将头发往后梳，转向车窗望着外头，然后触动扶手，两侧车窗便滑下半寸。

罗斯玛丽看到一家商场自车窗外飞掠而过。

看到棕色的山丘。

“斯坦利·尚德十一月九日去世了。”

她扭过头。

“跟你苏醒是同一时间，”他说，“就在十一点刚过，一辆出租车在灯塔剧院前撞上他了。”

罗斯玛丽惊抽口气。

“那不可能是巧合，”他说，“斯坦利是教团最后一名在世的成员，是第十三位。罗曼说有些咒语会永世不灭，有的则在最后一名施咒者死后，便会终止。斯坦利留了一幅雕版画给我，所以我才会知道。斯坦利教我艺术与音乐，以及使用牙线的正确方法。”他露出牙齿说。

罗斯玛丽笑着叹道：“我真希望他能早几年死掉。”

“那对你帮助并不大，因为莉亚·方丹几个月前才死，她活到一百多岁。”

车子向右拐了个大弯。

“安迪，听我说。”罗斯玛丽表示，“我刚开始做康复训练时，每次头一沾枕头便睡死了。星期二和昨天简直是太疯狂了。昨晚我在读一本从报摊买来的新闻年鉴，但我还是没跟上时代。这位迈克·范布伦是电视福音传道家，也是基督教联盟的领袖，是吗？”

“不，不是。”安迪说，“那是罗布·帕特森。迈克·范布伦以前是电视评论员，他反对共和党，现正以无党派候选人身份出来竞选。”

“但愿我不会把他们搞混。”罗斯玛丽说。

第六章

一身白衬衫蓝西装的迈克·范布伦打着红领带，别着金色“我♥安迪”徽章。他一手拿切刀，另一手握住双尖头叉子，从桌头退开，让穿着蓝洋装和白围裙的布鲁克——他的姐妹兼宣传经理——把装在白瓷盘里肥嫩多汁的大火鸡放到桌上。宾客们纷纷鼓掌，桌子两侧各坐了十二个人，大家脸上映着白缎子、白瓷、银器和玻璃的晶光。

布鲁克退到一旁，甩着手将手吹凉，方布伦则踏向前说：“火鸡看起来好棒，布鲁克。让我们向黛娜致谢！”

大伙又为黛娜鼓掌——此人应该还在厨房里，而且不会只有她一个人。

罗斯玛丽坐在方布伦的左侧，一边拍手一边扫视对面的宾客。你能相信吗？从对面的安迪到乔，以及她这边桌侧所有人——罗斯玛丽向前倾身，看着正在拍手的罗布·帕特森后方——没错，桌边每个人基本上都系了红领带、身穿白衬衫、蓝外套，而且都戴着朴素或花俏的“我♥安迪”徽章——当然了，伟大的沟通者本人除外。至少他的西装带有细条纹，看起来帅气极了，打扮十分体面。

“各位……”方布伦站到火鸡后方，双手放在身侧，等众人静下来。“在我们用餐之前……”他转向右边微笑道：“安迪，有这份荣幸请你祈祷吗？”

“不行，先生。”安迪对他报以微笑，“有罗布·帕特森在座，我岂能夺人之美。”

众人低声表示赞同，帕特森的基督教联盟执行董事马克·米德往前一探，隔着左侧的女士，冲安迪一笑说：“说得好，安迪。”

罗斯玛丽旁边的帕特森起立表示：“谢谢你，安迪，我这辈子从未如此受宠若惊过。现在请各位低下头……”

罗斯玛丽偷偷瞄向对桌，安迪朝她眨眨眼，然后揉着眼睛，彷佛眼里进了东西。

等简短的布道结束后，方布伦开始切火鸡。他真的很厉害，令人不得不佩服。他手拿刀叉，弯身割下火鸡外层，不时东修西切一番，割下一片片完整的腿肉和胸肉，同时还一边讲话。“我以前当过播报员，罗斯玛丽，我告诉你，从专业角度来看，你昨天的表现真是可圈可点。”

“谢谢你。”她说。

“你散发出的坦率与真诚，那都是令人推崇的女性特质。”

“难道男人就不是吗？”她问。

“而且还非常机智慧黠！”方布伦切着肉，调皮地对她笑说，“那是我非常欣赏的一点。”

“罗斯玛丽，我亲爱的。”

她转头看着罗布·帕特森。

“安迪那么做真是太有雅量了，”他说，“安迪向来慷慨大度，那将是我毕生珍视的时刻。”

罗斯玛丽对他笑道：“你太客气了。”

“罗斯玛丽，”罗布·帕特森搭住她的手腕说，“但有时候，我觉得安迪太心软、太慷慨、太容忍了，尤其是PA对蜡烛的嚣张态度。希望你不会跟令公子一样忍气吞声。我觉得方布伦对此事的看法非常正确；我们必须对他们采取行动，否则他们会扫了所有人的兴！”

罗斯玛丽知道PA指的是激进派无神论者，她稍早看过跟蜡烛相关的GC广告，但她对此人的谈话毫无头绪。罗斯玛丽四下张望，寻求协助，但“伟大的沟通者”正在跟“伟大的切鸡者”谈话。

帕特森旁边的女士伸出援手，她好笑地打了帕特森的手一下。“好啦，罗伯，你别又开始骂PA了！今天是感恩节，不是咒骂节，你说是不是？罗斯玛丽。安迪说过，多几根蜡烛或少几根都无所谓，对我来说那样就够了！罗斯玛丽，你一定觉得很光荣！我们的儿子要是肯乖乖在一个学校读上两年，我就要额手称庆了！”

“安迪，”马克·米德隔着左边的女士，探身笑问，“能麻烦你把芹菜递给我吗？”

桌尾的乔与她四目交望，朝她摇指招呼。

罗斯玛丽微笑着摇指相应。

他坐在那儿用手拄着头，聆听露诗·朗博太太说话，一副共和党人的模样。

“哎哟！天啊！”方布伦放下刀子攫起手，鲜红的血滴在嫩白的火鸡胸肉上。

罗斯玛丽倒抽口冷气，连忙将餐巾扔给他。

安迪跟着她一坐到礼车后座，罗斯玛丽便瘫在他肩上呻吟：“哎哟妈呀！太受不了！天啊！”黑色的小包厢往前开动，安迪抱住她说：“唉，可怜的宝贝，”安迪不断亲吻她的手说：“谢谢你，谢谢你。玉米饼还算好吃吧？”

她埋在他外套里咕哝几句，然后抬头看着他问：“是我疯了还是怎样，桌子的摆设为何看起来像诺曼·洛克威尔[①]的画？”

安迪拍了一下自己的额头，“对哦！没错！难怪我一直觉得似曾相识！原来是这么回事！所有白色碗盘和简单造型的玻璃杯……”

---

① Norman Rockwell（1894—1978），美国画家及插画家。

“还有布鲁克的洋装及围裙，我想应该也在画作里。”

两人叹口气。安迪松开她，母子坐直身体，摇头整理外套和头发。

泛蓝的灯火不停地快速掠过。

“嘿，那个蜡烛是怎么回事？”她问，“我稍早有看过，但……”

“那是我们正在推广的一件事，”他答道，“我晚点再告诉你。你觉得马克·米德是不是同性恋？”

“我是想过有这可能。”她说。

“他好像在对我暗送秋波。”

“方布伦才是在打我的主意呢，”她说，“我‘散发出坦率与真诚’。”

“你是呀。”他拨着她的头发说。

“是哦，”她说，“尤其当我在电视上对全世界撒谎时。”

“我们说过不再接受访问了，除非你愿意。”

“那么跟人们对谈时又怎么说？”

两人各自望着窗外，景物飞掠的速度渐缓，光色转为琥珀。

“你知道他为什么那样吧？”

“谁为什么怎样？”她转头问。

“方布伦为什么要对你暗送秋波。”他说。

“因为我散发出坦率与真诚，”罗斯玛丽告诉他，“而且还非常机智慧黠。”

“加上天真迷人。”安迪说，“而且也代表了请愿书上的签名，能跟你约上一次会，他就可以赢得各州选票了。”

罗斯玛丽抽开身子斜睨着安迪，“继续说。”

安迪对她笑道：“你的声望很高，妈！人们对安迪妈妈的喜爱，甚至高过对安迪。”

“噢，你再说嘛。”她戳他一下。

安迪咯咯发笑。

罗斯玛丽靠坐回去，倚在他肩上。

粉红色的灯光缓慢稳定地流泻过去。

“白宫的周六夜晚是什么样子？”

他跟她叙述了十五里路。

“哇。”她说。

安迪感叹道：“民主党的人有趣多了，”他说，“不会拐弯抹角。”

“仅有的几个出口，在垃圾楼层、大厅、八、九、十层，及我的公寓。”他说，“这是法规范围内最快速的电梯，纽约市有六部，每分钟两千英尺，也就是说……”

“细节就不用跟我详述了。”罗斯玛丽表示。两人挤在一个比电话亭宽不了多少的圆柱型舱室里，冲升速度快到令她有些吃不消。这电梯像支倒置的口红：红色皮革高至她的肩膀，以上则是黄铜或纯金打造，直达闪闪发亮的天花板。

“这是他专门为你造的电梯吗？”

“他欠我的。”两人摆动下巴，直到耳朵不堵了为止。“我在这里把过几次妹。”

“那些细节也不必跟我说，安迪。”

“到了，准备迎接天下无敌的美景吧。”电梯放缓时，红色的数字 52 在他头顶点亮。

电梯在他身后打开，安迪拉着她的手，从打开的舱门往后退，带她走出电梯——他的另一只手往墙上一拍—两人便进入一间灯光柔和，有着黑色地板，像艺术电影院大厅的地方，屋中装置着漂亮的镶黄铜黑家具，远处墙面是宽银幕立体电影般的纽约市、繁星、一轮盈凸月，和移动的飞机灯光。

“噢，安迪！”她抽口气，咬住唇。

安迪领她前行，帮她褪去外套，放在一旁，二人穿过沙发，安迪同时脱去自己的外衣。罗斯玛丽轻轻款摆，看着一架刚落地的飞机打开舱门，楼下公园像一片撒上薄盐的黑地毯；数英里外的东区灯火璀璨如世界博览会，顶上的皎月映着钴蓝天空里的群星。

“真是个完美的夜晚。”他在她身后说。安迪将她引至怀中，握住她的肩头。罗斯玛丽往后倚在他身上喟叹。“我要的是满月，”他用脸贴住她的太阳穴，“结果却只有盈凸月，你能怎么办？”

罗斯玛丽笑着扫视灯火萤亮的美景，轻抚安迪搭在她肩头的手。他伸出另一只手指说：“那是白石大桥……那边是皇后区，整个纳入眼底……”

“太不可思议了。”她说。

安迪垂下手，环揽她的腰肩，吻住她的耳朵。“我也有过空虚的二十七年。”他呼气热喘道，“只不过我是醒着度过的。”

“安迪……”

“我在学习异性之事，在青少年时期，你都不在我身边。虽然你才刚踏入我的生命里，我们却能拥有如此美妙的关系——你的年纪的确稍长，却比世上任何女子更美丽。”他将她转过身，吻住她的唇，钳住她的头与腰，用力抵住她的腹部，以舌相缠。罗斯玛丽奋力挣脱，安迪抽回身子——一对虎眼化成淡褐色——他松开手臂，粗重地喘息着。

罗斯玛丽用手背擦嘴，浑身战栗地瞪着他，为刚才所见，以及安迪对她的作为，震惊不已。

她说：“你原本的眼睛……”

安迪吸口气，抬手表示暂停，然后重重吞咽着，再吸口气，用淡褐的眼眸看着她点头说：“原本的眼睛还在，我用意志控制，让眼睛看似正常。我刚才有一点儿失控。”

罗斯玛丽盯着他，“有一点儿？”她说，“那岂止是‘有一点儿失控’？”

安迪靠向她，“你是唯一能让我感到彻底自在的女人，唯一的人！”说这话时，他的眼睛又化作虎眼，然后逐渐淡去。

安迪吸气站直身体，甩甩头，仿佛想厘清思绪。“我跟其他人在一起时，从不敢全然放松，即使是在黑暗里。”他说。

罗斯玛丽退避着，摇摇头，抬起一只手。“对不起，安迪，我很同情你，我爱你，但是……”她摇着头，又往后退开几尺。

他举起双手，“该说对不起的人是我，我实在严重失控，而非仅只一些。我发誓以后再也不会发生了，求求你原谅我。我本来打算告诉你，我明天要离开了，或许那是一件好事。这样比较好，你可以去探望家人，我会去躲几天清静，接着得去罗马和马德里，我十二月六日回来，也就是下下礼拜一。”

她舒口气，点点头。“那样应该不错。也许我们两个都、都太努力想弥补失去的时光了。”

“你千万别责怪自己，”他说，“错在我，不是我们。”

“永远永远不许再发生那样的事了。”她说。

“不会的，我发誓。”

罗斯玛丽吸口气，“晚安。”她说，“你什么时候出发？”

“一早就走。”他说，“乔会载我去机场，不过你若需要他，他随时都在，其他人也一样，你想要什么尽管开口，而且你有我的电话号码，不管在哪儿都联络得上。”

她说：“谢谢你。”然后转身拾起自己的外套，再次回头说：“祝你旅途愉快。”

安迪勉强一笑，“你也是。你要走了吗？”

“也许吧，”她看着他，“我爱你。”她说。

“我爱你。”安迪说，“请原谅我。”

“普通电梯怎么搭？”她问。

“搭我的电梯吧，从大厅出去，然后往右转。你一下子就能到七楼了。”

她叹口气说：“这样脚会软掉。”但还是转身走到玛瑙墙壁旁，按下黄铜圆柱边的按钮，打开舱门。她迈进超快的口红条里，回身在闪动的灯光下对安迪挥手。他也对她做出亲吻状。

罗斯玛丽按下一楼，电梯门阖上，却又开了。

已转向窗边的安迪被灯光吸引又回过头，他抬眉望着罗斯玛丽。

“蜡烛的事，”她说，“你本来要告诉我蜡烛的事。”

“噢。”他淡淡一笑，耸耸肩说：“是我们举办的一项活动，邀大家点起蜡烛，迎接二〇〇〇年。这点子有点俗气，不过人们很喜欢，除了PA的人以外。即使连最不信神的人也打算点蜡烛——没什么大不了的嘛——不过就是有一小群人抵死不从，因为我们的名称是‘上帝的孩子’。”

罗斯玛丽走下电梯，隔着房间凝视安迪。“你是说，每个人都会点蜡烛？”她问，“全国每一个人？”

“是全世界。”他说，“也许少数丛林里的野蛮人除外。在大街、公园、家里、商店、学校、教堂、清真寺、犹太教堂、妓院，所有说得出来的地方。在同一分钟，在格林尼治时间，二〇〇〇年的第一分钟，大家一同点燃蜡烛。这边是晚上七点，伦敦是子夜，莫斯科是早晨……以象征——你知道的，‘欣欣向荣，博爱共融’。”

她望着房间彼端，站在月亮、星星及纽约市前的孩子。“安迪，”她说，“那并不俗气，那是个绝佳的主意……”她朝安迪走近几步，“就像有十亿盏灯！”黄铜圆柱在她身后关上。

安迪浅笑道：“应该是八十亿盏。”他说，“蜡烛很美：外层是天蓝色，中心为黄色，从上面看，就像GC的标志。”

她说：“是用特殊的蜡烛吗？”

他点点头说：“放在玻璃杯中。”他用手指和拇指比出果汁杯的高度，“我们已经制造一年多了，”他说，“这是我们最大的计划之一，日本跟韩国就有十四家工厂，每周七天，不分日夜生产。”

“噢，安迪！”她丢下外套朝他走去，“这真是个美妙的点子！是谁想到的？”

他往旁挪了一下，对她咧嘴一笑说，“给你猜三次。”

她抱住他，“噢，我的天使！”然后亲吻他的脸，“太棒了！今年的除夕夜将成为全人类重要的一刻！”

“那正是我们的本意。”他对罗斯玛丽笑说。

“何等光荣啊！”她对他又抱又吻，“我真以你为傲！”她又去抱他亲他，安迪说：“你若希望我安分，最好别……”

“哎呀！”她两手在空中一顿，连忙后退，朝他做个飞吻，然后拾起外套。“祝你旅途愉快。”她说，“早点回来，宝贝！我会很想你！”

“我也是，妈。”他站在一片灯火前对她灿然而笑。

罗斯玛丽按钮步入电梯，然后转头挥手，按下一楼的按键。

电梯门关上时，她发出一声叹息。

多么美好浪漫的概念！每一个人、每一处地方都充满和谐，点着天蓝色及黄色的GC蜡烛，就在二〇〇〇年的第一分钟，格林尼治时间！

可惜少数愤世嫉俗的人士不愿共襄盛举，但他们有自己的权利，安迪也很清楚这点。

他真是位天使！难怪世人如此爱戴他！

真的：世上还有比她更以子为荣的母亲吗？

唯有圣母马利亚，她自答道—同时以每分钟两千英尺的速度，向世界中心下降——*只有马利亚*。

第二部

第七章

她决定新年过后再去奥马哈，五位比她年长的哥哥姐姐中还有三位尚在人世——一位姐姐和两位哥哥。她跟每个人都通过两次电话了，一次以睡人罗斯的身份，一次以安迪母亲的身份—比巫师团弄昏她的前一年，多了一次。幸好她最心爱的哥哥布莱恩参加了戒酒团体，从八二年后便滴酒不沾了。布莱恩星期一要带妻子多迪搭邮轮环游世界，庆祝结婚三十五周年——他们将在纽西兰的奥克兰点燃蜡烛——而她最讨厌的哥哥爱迪听起来丝毫没变。“你跟安迪说，爱迪舅舅代表三万名肉制品工会的会员跟他说，我没有不尊敬的意思啦，他应该对那些 PA 的人硬一点。方布伦说得对；我们应该逼他们点蜡烛，必要的话，拿枪抵着他们都行。”

朱迪是瓦萨学院九三年的毕业生，面容姣好，一头乌黑的丝发盘成端庄的发髻，肤色润红，眼眶黑实，鼻梁上有个十分钱硬币大的红点，她将“我♥安迪”徽章别在柔色的纱丽上；朱迪姓喀拉雅达。周一早上，裹着一身柠檬黄丝布的朱迪，拿了一份计算机打印的细目分类，印出前六天晚上的数千个短信，加上几种能概括所有短信的回复形式。

朱迪和罗斯玛丽在客厅窗边桌上工作时，不时抽鼻子擦眼睛，她的睫毛膏眼看着撑不过午餐了。罗斯玛丽抚着她的手问：“朱迪，怎么了吗？”

朱迪叹口气，黑睫半掩的棕色眼眸哀怨无比。“有个男人，”她抬眼说，“我真是无法相信自己会说这种话！”她抽着鼻子，拿卫生纸擦眼睛。

罗斯玛丽喟叹着点头，想起自己的男人凯。“男人真的会害死人。”她拍拍朱迪的手，“你如果想谈，我是个很好的聆听者。”她超想知道。

“谢谢。”朱迪喃喃地挤出笑容，拭泪道，“我还好。”

朱迪收拾好准备离去时，罗斯玛丽瞥见她的手提箱里，有整齐填写上的字谜游戏。“你爱玩拼字棋吗？”她问。

朱迪漂亮的印度面容为之一亮，“当然！限时两分钟，空白牌可当作任何字？”

“嗯……一个晚上很容易便打发过去了。”罗斯玛丽说。

电视部门在十层的西北角，罗斯玛丽朝克雷格角落的办公室走去，穿过数千平方英尺，空无一人的小隔间和办公桌——桌上摆着计算机和电话，却空无一人，隔间板上钉着各种照片与文件……

克雷格和凯文穿着 GC 的 T 恤、牛仔裤、布鞋，二郎腿翘在茶几上，正在看电视——爱德华·罗宾逊演的黑白电影。此二人正好一黑一白（现在得称为“黑人”，不能再说是“黑鬼”了）。克雷格看起来颇像首位获选国会议员的非裔美国人亚当·克莱顿·鲍威尔，凯文则像个十九岁的小鬼——只是如今某些叫凯文的十九岁男生，很可能是个矮小的中国人。“罗斯玛丽！嗨！”两人跳起来说，凯文还打翻了他的可乐。

“坐，请坐。”罗斯玛丽说，“哇，风景真棒！”她走到窗边，望着哈德逊河对面西区的大楼和华盛顿大桥全景。

“很棒吧？”克雷格在她身后用低沉的声音问。

“太美了！”她回头朝门口点点头问：“大家都跑哪儿去了？”

克雷格说：“去度感恩节到新年期间的假期了，所有人都放假了。”

“那么好，可以放那么久。”她说。

“安迪就是那样。”克雷格笑说，“反正这边也没事，除夕夜的节目已经录好了。”

“那正在录制的节目呢？”她问。

“节目不多，”克雷格答道，“我们明年要缩减制作，大部分都是回放。”

凯文拿纸巾擦桌子。

“你们在看什么？”罗斯玛丽看到罗宾逊在恳求女演员海蒂·拉玛，不，是一位看起来像她的人。

“《绿窗艳影》，”克雷格说，“奥地利导演弗里茨·朗一九四四年的作品。”

“我好像没看过。”她说。

“很棒的一部犯罪电影。”

三人坐下来一起看了几分钟。

克雷格问：“你来找我有什么特别的事吗？”

“是啊。”罗斯玛丽说。

“对不起，我应该立刻问你。”他站起来对凯文说，“你继续看吧。我们到里面去。”

他带罗斯玛丽进入隔壁的办公室，里头看来已经收工了；两张办公桌堆着文件、打印机和杂志，单墙上排着监视器、扩音器和视听设备，其他墙面则摆着录像带和档案架。克雷格腾出两张带轮四脚椅。

罗斯玛丽坐下时，克雷格也跟着坐下将椅子拉近，向前探着身，双肘跨在扶手上，两手交叠。他扬着头，准备倾听。

罗斯玛丽说：“我很担忧，安迪虽四处安抚大家的情绪，但像PA的问题还是争执不下，有些人的反应让我很不放心。我不清楚你的工作是……”

“我几乎没做什么。”克雷格说。

“……我不想干涉不该我管的事……”

“罗斯玛丽，”克雷格说，“我们很欢迎你提供任何建议。”

她说：“我知道安迪希望尊重大家的权利，但你不觉得他太疏忽此事了吗？我希望能看到一个针对这项问题的广告，我的意思是要正面响应，直接批判像我老哥爱迪那种鹰派人士，趁过年前还有时间冷却火爆的气氛。这件事得尽快完成，我觉得简约明了比夸张详尽更有效。”

克雷格垂眼抖着一只穿布鞋的脚，他看看罗斯玛丽，“你的话很有道理，罗斯玛丽。”他说，“你跟安迪谈过吗？”

“没有。”她说，“我想先查证一下，看是否有任何这样的片子，并听听你的看法。”

“谢谢你，我很感激。”克雷格说，“嘿，我有个点子，你何不先看看我们拍过的东西——特辑、广告、所有故事——等安迪回来后……他什么时候回来？星期一吗？这样到时候你就会很上手了，我们可以开会讨论这件事，说不定能顺便讨论别删减太多新的制作。那是杰伊的点子——就是我们的财务主任。”他摇摇头，点了点自己的太阳穴，“我真不明白那种人是打哪儿冒出来的。”

他教罗斯玛丽如何用播放器及遥控器，以及带子的归类方式——GC自制的影片、GC各种活动的新闻报道，及所有相关议题的纪录片，另外还有电影，有些电影录在一种类似黑胶唱片的东西上，必须使用不同的播放器。

“这实在太棒了！”她环顾四周说，“你们该不会有《乱世佳人》吧？”

“我们还真有。”克雷格笑说，“里面附了试镜、未收录片段和一堆其他有的没的。”

"噢，天啊！"罗斯玛丽叫道："我真是活在天堂里！"

"早安，请问您是哪位？"一个带着淡淡日本腔的愉悦女声问。

"我是安迪的母亲，"罗斯玛丽说，"他叫我打这个号码。"

"请稍候，请问您是罗斯玛丽·雷利吗？"

"是的。"她说。

"请将电话挂断，罗斯玛丽，安迪很快会回电，若希望他拨你另一个号码，请按1。"

罗斯玛丽挂断电话，猜想自己刚才是在跟计算机芯片对谈，她得赶紧抽空看看那部电影《疯狂世界》了。

她将背后的枕头拍松垫高，架好眼镜，拿起盘子上吃了一半的羊角面包，然后边吃边看猜字游戏。她在脑中做着左上角的谜题，一边在报纸的书评页上打折，这时电话响了。罗斯玛丽放下报纸和羊角面包，吮去指尖上的面包屑，在缎子上擦擦手，然后拿起话筒。"喂？"

"嗨，妈，一切都好吗？"

"不能再好了！"她说，"享用床上早餐！我觉得好像以前米高梅电影里的大明星喔……"她在绸缎上陶醉地说。

安迪咯咯笑道："你挺适合演的。"

罗斯玛丽笑着摘下眼镜问："你在哪儿，小天使？"

"罗马，最适合天使的地方。"

"你听起来好像就在附近。"

"但愿如此。有什么事吗？"

她说："我不想给你压力，可是我……"

"如果你是要谈克雷格和广告的事，我之前打电话跟他谈其他事时，他已经跟我提过了，我觉得那是个很棒的点子。"

她说："真的吗？"

"当然。有的人善于对事物有新见解，谁能比'睡人罗斯'的眼光更独特？不仅是广播，也对所有一切都别具观点。你点出一件我早该在几星期前就看出来的事了。我们会立即采取行动，你也一起帮忙，很抱歉我真的无法分身，我周六会回来。"

"周六？"她问。

"我不去马德里了。"他顿了一下，"我以前从来不会思念任何人。"

她看了一整批GC广告和特辑——无疑是媒体中的上乘之作——制作精良、感人至深的文字与影像，全都以安迪为主角。有时当他对着镜头谈论烛光仪式等事时，她几乎可以从那对新眼中，看到昔时的虎眼。罗斯玛丽倒带、停下，然后再往前跳帧数次，没有，什么都没有——仅有他淡褐色的眸子，以及记忆中，紧接着那邪恶到震惊的亲吻后，露出的美丽虎眼……

但你能怪他吗？孤独可怜的天使……

而且她看起来并不像他老妈，所有报纸杂志及电视报道都是这么说的——去揣测他们对此事的看法，实在很无聊。

她把安迪那支最像耶稣，最坚强、慈爱，帅到破表的十秒钟带子看了五六遍，安迪提醒观众到超市或其他地方买蜡烛，放到儿童无法够到之处，然后跟世人一起等待，在点蜡烛前，再拆掉蜡烛上的塑料膜包装。

之后在休息期间，罗斯玛丽改看《乱世佳人》的试镜镜头与未收录片段。

第八章

周五，她心情烦乱地想着，安迪明天下午便会在三万英尺的高空中了。

明晚就会着陆……

中午过后，她打电话请乔安排带她去机场。“水疗室或健身中心对男女一直都开放吗？”

“是啊，不分男女。你打算什么时候去？”

“现在就去。”她说，“我想放松一下，我有点紧张，因为安迪明天就要搭飞机了。”

“给我二十分钟，我会带你四处转转，跟大家介绍一下，并确保不会有人打扰你。”

她说：“我并不想把任何人关在门外，乔。”

“我只是要暗示里头的人懂得规矩罢了，别担心。”

“那很好。”她说，“谢谢你，等你准备好了再走，不急。”

两人并肩踩健身脚踏车，乔跟罗斯玛丽谈他结婚二十年的前妻维罗妮卡，她现在在小诺克城做房地产，他女儿玛丽·伊丽莎白则在芝加哥洛约拉大学读经济学硕士。罗斯玛丽跟乔谈她提出的广告片，觉得很高兴能积极参与 GC 的工作，乔觉得这两件事都很棒。

罗斯玛丽激烈地跳着绳，乔则威猛地捶击沙袋。“我以前打过拳击。”他前跳后蹦地挥拳说，“金手套[①]，中量级。”

“我以前常跳绳。”她解开缠在脚踝上的绳子说，“奥马哈初中冠军队伍，连续两届卫冕。”

“看你跳绳的样子就知道了。”他连连挥拳说。

他们并肩踩走步机。

“这里很棒吧？”

“噢，太棒了。”她说，“真是个提振士气的好地方。”布满设备的房间对面，有张用泛光灯照明的相片，是个穿着紧身泳衣的年轻壮硕女子。

乔讥嘲地别过头，大步走着。“不是我的菜。”他说，“我们刚开始在一起时，维罗妮卡是时装模特儿，她第一次转过身体时，

① Golden Gloves，美国业余拳击年度赛事。

我差点看不到她。”乔对她笑说：“我老妈也是个瘦竹竿，你知道我们男生嘛，跟女生想嫁给像老爸的人一样，我想要一个像老妈的女孩。”

罗斯玛丽大步跟着机器走，“嗯，我知道那是怎么回事，”她说，“我很明白。”

回房时，罗斯玛丽的心情依旧烦乱。她打电话到朱迪家，朱迪好像正在哭，她欣然接受罗斯玛丽的邀请。

朱迪八点整准时抵达，她头戴方巾，身穿羊毛外套，肩膀微湿，拎着一个商场的棕色大购物袋。外套底下是件桃色的纱丽；她从袋子里拿出一块有转盘的塑料拼字棋板，附有摆置字母棋的格子、一个有拉绳的珠袋、两个黑色架子、一个迷你银笼小沙漏，以及——想当然了——一个计分器。

她们在窗边桌上摆好棋盘，外头细雪纷飞，洒在公园树梢，将第五大道如瀑的灯火推到半英里之外。罗斯玛丽旗开得胜。

她隔着眼镜顶端，望着架上的几个字母棋 JETTYIR——努力甩开开始结冰的机翼和桌侧那只该死的定时器（沙子快漏完了）——然后拿起一堆棋子，放到板子的格子里，拼出 JITTERY。“J 的分数两倍，”她说，“双字加五十分。”

朱迪轻按着她的笔记盒——不是用那根特别修过的指甲，只是用一般的椭圆珠光指甲。“一百分，”她说，“出师告捷。”

“谢谢，”罗斯玛丽从眼镜上方看她说，一边从袋子里取出新的棋牌。

朱迪将沙漏翻倒过来，眨着涂膏的睫毛，看着字棋，然后将棋牌摆到J下，拼出JINXED，“双字。”她说。

罗斯玛丽拿起字牌，伸出手，连板子都没转过来，便将X放到旁边的粉红格子里，开始拼出FOXY。

朱迪发出哀嚎，哭着揪扯自己的头发。“这下连我的拼字棋也给他毁了！瞧瞧我干了什么！X加上粉红格子！你赢了！我的脑子被他融掉了！他害我变得一无是处！我真是灾星，被他带衰！所以我才会拼出JINXED这个字！”她趴在板子上哭泣，一边拿拳头捶桌面。

“噢，亲爱的。”罗斯玛丽抓起滚动的定时器摆正，起身走到桌边，弯下腰，拍拍朱迪的头发，抚着她起伏不定的背部。“噢，朱迪，”她说，“呃，朱迪……没有男生值得让你那么不快乐，连……噢，天啊，是安迪，对吗？是不是安迪？就是他，对吧？”

朱迪抽抽噎噎地说是。

罗斯玛丽点点头，叹口气，她真是越来越迟钝了，跟老太婆一样。

趴在板子上的朱迪哭着坐起身，虽然黏在脸上的字块落了下来，睫毛膏竟出奇得防水。“我恨安迪！”她哭着扯下身上的徽章，撕破丝缎，奋力将徽章掷向窗口。“我戴着它，只是为了不想让你起疑！我恨他！我要做一个自己的徽章，表明我真正的感受！噢，罗斯玛丽，倘若你知道整个经过，如果你知道在九楼……”

“嘘，嘘。”罗斯玛丽抱着她安慰说，“好了，冷静点，亲爱的。”她说，“嘘，你好好地吸口气，就是那样……乖女孩……就是这样……这样好些了。你要不要用冷水洗把脸，然后我们再好好地慢慢谈。想不想喝点东西？有客房服务哦，你如果饿了，讲一声就行。”

她们坐在沙发上。

“今年夏天，他在麦迪逊广场公园一场救援印度水灾的场合谈话。”朱迪擦着眼睛说，“我带了一份自己写的食物配发改善提案，亲手交给他，结果我俩之间产生了一点情愫。”

罗斯玛丽点头倾听。

朱迪说：“几天后，他把我叫来这里，到他的办公室，并邀请我加入 GC，先从担任秘书开始，但答应我日后会升迁。我们开始约会——以平等地位交往——但过没几天，应该说是过了几夜后，他便完全掌控我了。你很难想象他是个多么棒的恋人。”

“是啊，”罗斯玛丽说，“我当然无法想象，因为我是他母亲，我的确想象不来。”

“我是指概括而论。”朱迪说着朝罗斯玛丽挨近，“我们印度女生会彼此倾吐秘密，我有两位已婚的姐妹，而且我在大学的室友最爱讨论她们的性生活了，虽然我只交过一个男朋友——一个油腔滑调，叫内森的男生，他的事不提也罢——但我知道，不仅是内森而已，所有男人都只想满足自己的欲望，超过伴侣的感受。老实说，在即将抵达高潮时，女人也一样，不是吗？我们最后都沉浸在自身渐聚渐强的高潮里，对吧？”

罗斯玛丽点点头。

“但安迪不会。”朱迪叹口气，“他似乎总是有所控制，总是关注到我及我的需求和感受。但他现在关心的是她的需要，她那该死的感受了！我真的受不了啦！”她揪住自己的头发。

罗斯玛丽抓住朱迪的手腕，“谁的？”她问，“是谁？”

“跟他一起去罗马的那个女人！”朱迪哭道，“而且还陪他去马德里！他的新欢！就是在你吃完感恩节晚餐后，跟他在一起的那个女人，害我一整晚都在等他的电话！周末时他还带那个女人去静修，没带我！反正一定有别人！否则他为何一连八天八夜连个字都没跟我说！你想还会有别的原因吗？”

罗斯玛丽沉默片刻，耸耸肩说：“我不知道……”

“如果那是最糟的也就算了……”朱迪重重吸口气，摇摇头，斜眼望着罗斯玛丽，“他让我见识到一些我不曾知道的……”

“别再说了。”罗斯玛丽按住朱迪的手臂，“我真的不想听细节，你是在庸人自扰，安迪没有去马德里，他把行程改短了，因为‘他非常想念这里某个人’。他昨天早上这么跟我说的。”

“真的吗？”朱迪瞪着她。

罗斯玛丽点头说：“是的，他明天就回来了，我相信他一定会打电话给你，我敢打赌，而且我相信他没打电话，必然有他的理由，这点我也敢打包票。”

“噢，罗斯玛丽，你是说真的吗？”朱迪问，“你确定你这么说不是为了要安慰我？”

罗斯玛丽对她笑说：“朱迪，我是安迪的母亲，我会跟你说谎吗？”

朱迪摇头笑说："不，不会的。谢谢你，罗斯玛丽！谢谢你！"她擦着眼睛，摇头叹息说："瞧我，我本来是个聪明干练、有理想有抱负的女人，他却害我完全乱了方寸，变成一个爱哭乱闹的傻子，而且连拿手的拼字棋都不会了。"

罗斯玛丽拍拍她的手，从沙发上站起身"来，我们从头开始。"

"不要！"朱迪站起来追过去，"那样不公平，你都赢一百分了！字盘很容易重摆的，你拼了 JITTERY，我的字是 JINXED，你又排了 FOXY。"

罗斯玛丽坐在桌边摇头说："不了，亲爱的，重新来过吧，我坚持。"

"好吧，但你先下。"

两人收齐字牌，朱迪问："你也很善于将字母打散重组吗？"

罗斯玛丽忆起生产前数周，她反复重组字牌，将史蒂文·马卡托（STEVEN MARCATO）重组成罗曼·卡斯特韦特（ROMAN CASTEVET），进而发现与他们关系友好的邻居，竟是十九世纪时住在布拉德福德大厦的撒但信奉者艾德里安·马卡托的儿子。"还挺拿手的。"她说。

朱迪表示："感恩节那晚，我在等安迪的电话时，终于解开了一道超难的重组字题，我花了一年多的时间，在火车、公交车和候车室里解题。"她叹口气，理顺一头乱发。"算是一点小小的补偿吧。"

"听起来好像很难。"罗斯玛丽从袋子里抽出字母棋。

"的确是很难。"朱迪说，"重组的字题是'ROAST MULES'。"

"'ROAST MULES'？"

“R、O、A、S、T,”朱迪将沙漏倒过来，“M、U、L、E、S。”可以拼成一个十个字母的英文词，这个词普通到连五六岁的小孩都会用。”

罗斯玛丽在字架上移换牌子说：“我稍后再解。”

“你可别来求我要答案，”朱迪从袋子里抽出字棋说，“你只会白费力气，我是不会心软的，还有，不能取巧用计算机。”

“反正我不会用计算机。”罗斯玛丽说，“不过我真的非学不可，这种工具太棒了！以前谁会想到计算机会变得如此轻巧又便宜？以前的计算机要占掉整个房间！ Y 双字。”罗斯玛丽从中央的粉红格子开始，拼出 DANDY。

第九章

他帮她买了一片天使陶雕——一个拿着小竖琴、一本书，长着一对漂亮翅膀的鬈发少年，刻在一块约四英寸大的方形赤陶片上。

“这是意大利雕刻家安德烈亚·德拉·罗比亚的作品。”

“噢，我的天啊，安迪！”她捧在手里，爱不释手，“这是我见过最美的东西！”

“名称叫‘安迪’，我猜应该是为他取的。”他说。

罗斯玛丽微笑着，踮起脚尖凑过去吻他的脸，“噢，谢谢你，亲爱的，谢谢你！”她轻柔至极地吻着陶片上的安迪。“我俊美无方的天使安迪！”她对着陶片说，“我好喜欢你！我好想把你吞下去！”她又给天使一个轻羽般的吻。

周日的早午餐是他们第一次有机会好好相处。安迪在机场时，由两名长者伴随自VIP通关口出来，三人似乎正在讨论事情。罗斯玛丽在礼车外与安迪拥抱，跟两人握手——一名中国人和一名法国人——她和安迪互看几眼后，母子一起搭车顺原路回市区，乔在前座开车。他们听着五〇年代的大乐团音乐带，谈论各个音乐家，并欣赏十二月一日开始挂起的广告牌——安迪灿烂的笑容及以下文案：十二月三十一日周五晚间七点，我们将在纽约点燃蜡烛。爱你哦！

当他们在大厦底层停车场下车时，已是罗马时间凌晨两点了。还在时差中的安迪与她来一场早晨约会。

罗斯玛丽和服务员已将拼字棋桌挪开数尺，在窗边腾出空间，摆设早午餐用的桌椅。她缓缓走过去，极其谨慎地将端在手上的陶片靠到果酱罐上——如此便能够看着小天使安迪，其他人也能够瞧见它。

安迪·卡斯特韦特－伍德豪斯坐下来，在硬面包圈上涂着奶油奶酪说：“你看起来气色很好，我就知道你会穿这种休闲服。”

“我十一点半要在水疗中心跟乔碰面。”穿粉红色运动衫和布鞋的罗斯玛丽坐下来说。

安迪问：“呃，你和乔……？”

“很谈得来。”她摊开餐巾，“我本可以叫你别管闲事，不过我前几天晚上才跟朱迪玩拼字棋，所以没资格说你。印度女生真的很会虐待自己，伤心不落人后。”

他咕哝一声，帮她倒热咖啡。

“你真该感到惭愧，”她对安迪摇着糖包说，“人家是个很好的女孩，而且又聪明！拼字赢了我两次，我已经算厉害的了。虽然我不习惯两分钟的限时玩法，但也不能拿那个当借口。我们已经约了明天或星期二再来场比赛。”她撕掉糖包一角。

“她已经不再吸引我了，”安迪用银叉刺起一片鲑鱼，“你要我怎么做？假装还喜欢她吗？”

“至少你可以跟她面对面谈一谈吧。”

“噢，是，你又没见过她摆出检察官姿态的模样。”安迪把鲑鱼放到奶油奶酪上。

“我觉得你可以挺得住她的交叉盘问。”她搅着咖啡说。

安迪嚼着食物看向窗外。

罗斯玛丽啜口咖啡，瞅着陶片说：“真的好美，亲爱的，太谢谢你了。”她叹口气，将篮子拉近，戳着里头的面包和硬面包圈。

安迪也叹道：“你说得对，我现在有点累，稍后再打电话给她，反正她周日都睡得很晚。”

罗斯玛丽选了一片硬面包圈。“我们受邀参加一场脑麻痹患者的募款会，”她说：“真是莫名其妙，会场竟然设在舞厅里，时间是星期三，还得穿正式礼服。我会跟乔一起去，他说他是跳舞高手，他是吗？”

安迪耸耸肩，“还挺厉害的。”他咬了口硬面包圈。

“我想，你和朱迪也许……”

“妈，”他边嚼边说，“她已经不再吸引我了，我没办法勉强，行吗？我也希望我可以。”

她在自己的硬面包圈上涂了层薄薄的奶油奶酪，斜眼看着他。“那就带别人去，凡妮莎有固定男友吗？”

“不知道。”他说。

罗斯玛丽咬一小口嚼着。“我到精品店里做了点交易，拿了六件老太婆装换了件金格尔·罗杰斯[1]式的缎子紧身衣。我想，既然乔自诩是弗雷德·阿斯坦[2]，我就跟他开个玩笑，但愿我没玩过头。”她咬下一大口嚼着，看着窗外有趣的景色。

安迪瞅着她笑：“你可真狡猾。好吧，你赢了，就四个人去，不过等过完年，我们去度假，就只有我们两个人。我们需要好好玩儿它一整个月。”他用叉刺拨着盘子上一片鲑鱼，蹙眉说：“我很怕大家会把时间点搞砸，我们刚拿到民调，发现世上仍有百分之十一的老年人，以为烛光仪式是在各地的子夜举行，你能相信吗？我们得设法加把劲。而且还有针对 PA 人士的广告。我想在明天三点开会讨论此事，你可以吗？跟克雷格、黛安和汉克开会，或许加上桑迪，她常有好点子。”

“了解大家的人是你，我可不清楚。”

他将卷着鲑鱼的叉子送入口中，对着正在喝咖啡的罗斯玛丽吃了起来。

她放下杯子。“别那样做。”她说。

“做什么？”

---

① Ginger Rogers（1911—1995），美国女星。

② Fred Astaire（1899—1987），美国歌舞剧名演员，常与金格尔·罗杰斯搭档演出。

“眼睛别胡乱变颜色，别要聪明。”她说，“我是说真的，安迪，还有，别告诉我那只是我的想象。”

罗斯玛丽觉得，知道一些PA代表性团体的信息，对会议可能有所帮助，因此她在周一早上，悠哉地从电影部门的会议旁晃过去，轻声对克雷格、凯文、凡妮莎、波利，和满脸胡碴的钱尼打招呼，“嗨，大家好。”然后径自走进被她视为办公室的房间里。等过完年的星期一，克雷格的助理苏珊娜便会回到这里，届时她们或许可以共享办公室，只要里头有两张办公桌。

罗斯玛丽在新闻及录像带中翻找，正打算找位懂计算机的研究助理来帮忙时，翻出了一份一年前PBS制作的、叫“反对安迪”的带子。

罗斯玛丽看着带子，觉得整体的客观性很有问题——影片解说员是个还算迷人、但喋喋不休的南方人，他身上别着巨大的“我♥安迪”徽章。其中播出的影片，不是过于愚蠢，便是失之恐怖。

其中大概又以安·兰德团队最蠢不可及，六位面有菜色、理着平头的团员在T恤上画着斗大的美元符号，止汗带下则刺着小小的钱符。他们反对宗教机构免税，并支持在纸钞上印刷“尚钱有理”字样——不仅是美国纸钞，而是所有人的钞票。他们曾在匹兹堡劫持货运火车，在引擎两侧绑上“安迪和所有巫师纳税来！”的标语，并驾着火车跨国，让一名女性成员站在火车电动门边，这是根据安·兰德一部小说中截取来的表征，然而对一般公众并不具有意义。他们在蒙大拿弃车而去，据信，该团队应是遁迹于一片资本家的自由交易区。

最能代表中间派的反安迪论者，应为ACLU莫属，他们仍十分活跃。ACLU发言人坦承自己很喜欢安迪，并推崇他对改善种族关系、减轻堕胎冲突、解决爱尔兰问题，让阿拉伯及以色列重回谈判桌所做的一切努力，而且还很夸张地别了两个“我♥安迪”徽章。他只是认为，当安迪跟参谋首长联席会议和各州州长演讲时，GC便应重新命名为WC——世界的孩子（World's Children），如果欧洲人不喜欢这种说法，不妨改成EC——地球的孩子（Earth's Children）。还有，安迪非得把自己打扮得那么像耶稣基督吗？

太没礼貌了，ACLU真令她惊诧。

恐怖的反安迪团体则有史密斯兄弟，但仅有她觉得恐怖而已。他们一直是深夜节目谐星的创作素材，影片解说员还举了些例子。

史密斯兄弟是四名蓄着大胡子的山居野人，拥有最先进的军武，住在田纳西州的木屋里，用扩音器对全世界宣布说，安迪是撒但之子，是反基督者，他们一定会力战到底。

联邦调查局等他们闹完后才动手，这会儿他们已被送入联邦医院，剃了胡子，吃了药，正在做心理评估。

会议的效率奇高，几乎还没开始就已结束。与会者有七人——安迪、朱迪（拿着笔记盒）、黛安、克雷格、桑迪、汉克和罗斯玛丽——大伙聚在安迪那间可以俯瞰中央公园南路及城中区大楼的办公室里，茶几上摆满了蔬食与坚果，众人围坐在桌边的黑皮沙发及椅子上，汉克则坐在自己的电动轮椅里。

“你说得对，罗斯玛丽！”朱迪进门时轻声对她说，她一脸容光焕发，穿着奶黄色纱丽，别着“我♥安迪”徽章。“昨晚真是小别胜新婚哪！”

罗斯玛丽很替她开心。

也为安迪那个狡猾的骗子感到高兴。妈，她已经不再吸引我了，我没办法勉强，我也希望我可以。罗斯玛丽对满面笑容的安迪笑了笑，从他递过来的碗里取了根胡萝卜。

大家一致认为，简单扼要比详细阐述更具效率，制作也更迅速，之后全体快刀斩乱麻地一致同意，采用安迪最佳的十部广告片手法——也就是让他和黛安到楼下九楼，坐在圆形剧场舞台的安乐椅上，花两小时闲聊PA及其权利的议题，由穆罕默德和凯文以手持摄影机拍摄，然后再由黛安剪辑影片，挑出精华。

然而黛安建议这回由罗斯玛丽出面，因为她对此事的感受显然比黛安强烈。对罗斯玛丽而言，PA的人就算全部下放南极也不为过，且罗斯玛丽能激发安迪更丰沛的情绪反应。“不妨保留部分罗斯玛丽的片段，”黛安表示，“她有种诚恳坦然的气质。”

克雷格问：“罗斯玛丽，意下如何？愿意试试看吗？我们明早最多花几小时而已，安迪，我想你应该没问题吧？”

之后众人便开起派对了。安迪开了一瓶酒，威廉和凡妮莎又拿一瓶酒进来。威廉这位曾经历芬兰三任总统的英俊大使，有一头白发，虽然打着红领带，身穿白衬衫和蓝西装，一只手却摆在凡妮莎穿着迷你裙的臀部上，据此看来，此人应该挺爱胡闹的。

友理子和波利进来了——罗斯玛丽几乎不曾跟他们两人讲过话——接着穆罕默德和凯文拿起摄影机不停拍摄，然后杰伊也不请自来了，整个纽约 GC 核心小组全员到齐，所有驻守阵营的各小组人员，或仅是在年末收假跑来厮混的人员——全数共十三位。

再加上罗斯玛丽。她喝着姜汁啤酒，跟汉克、桑迪聊着百老汇当季的戏码。她瞥见旁边的朱迪正悲伤地瞄着她，接着表情一亮，勾住安迪的手，对正在跟杰伊说话的安迪微笑着——杰伊激动地谈着一月到期的票子。罗斯玛丽只能在旁陪笑，看安迪安抚杰伊，抬起右手对他郑重保证，一月营业首日，必会有充足的资金进来，支应所有 GC 的开支。

黛安打电话到楼下订了十四人份的蟹肉饼和小洋芋饼。

罗斯玛丽跟凡妮莎谈动机心理学，跟友理子聊计算机，和桑迪、波利谈护肤乳液。

当中央公园南路上的窗户渐亮，派对也接近尾声，黛安派穆罕默德、凯文和波利下楼检视，确保九层一切无恙。

她跟克雷格谈了一会儿，然后要友理子和凡妮莎也下楼。

穿着帅气礼服的乔·马菲亚跟乐团指挥谈了一会儿，然后绕过挤簇的舞池边缘，朝中间前方的十二人桌走回来。恰恰舞曲比预期中提早结束，待乔拉起罗斯玛丽的手，安迪拉着朱迪时，乐师们已更换乐谱和其中一些乐器，在指挥的带领下，奏出知名词曲家欧文·柏林的曲子。

当安迪、朱迪、罗斯玛丽和乔步入舞池时，所有人都退开，开心而含蓄地鼓着掌，大伙围绕一旁，欣赏两对男女随《让我们迎乐而舞》的音乐舞绕，就像电影里演的一样。

罗斯玛丽对乔微笑，露齿悄声说：“噢，看看他们！大家都在看哪！我真是担待不起！”

“放轻松，”乔把她身体压低，“全交给我。”然后将她拉起。“你这件衣服真是惊艳全场，罗斯玛丽，非常适合国标舞，但愿我穿的是燕尾服。”

她除了放松，还能有别的选择吗？刚才那杯香槟颇有帮助，且乔的手臂和手劲十分轻盈灵巧。

“明白我的意思了吧？”

“嘿，乔，你真的很会跳……”

“罗妮和我每星期会去玫瑰园舞厅两次。”他轻松地滑着步说，“想不想去？你可以戴遮阳镜，很多人都戴哟。”

“让我先慢慢学吧。”

“你都会了。”

安迪的舞技亦是不俗，他带着身穿白色纱丽的朱迪优雅舞绕，黑色领带更显出他的帅气。“我有时会教他跳舞，”乔跟着罗斯玛丽一起张望说，“刚开始，他老是踩错步子。”

“最后进场的人是混蛋！”安迪对着朱迪肩后高喊，围观者哈哈大笑，连忙挤回舞池里。当灯光调低一两度，舞池里又挤满人潮时，乐队继续奏起了《交换舞伴》的曲子。

罗斯玛丽喟道：“有时我很庆幸生了这个儿子。”

乔笑说："他确实很懂得看场合说话，对吧？因为他是演员之子的缘故吗？"

她吸口气，"谁知道呢？"

"我不是说你没贡献，"他说，"我只是很讶异经过那么多年了，他们竟然还没找出你前夫的行踪，就好像他……"

安迪拍拍乔的肩膀。"交换舞伴了。"他说，"这是欧文·柏林下的令。"

罗斯玛丽和朱迪彼此相笑，四人随着音乐交换舞伴。

安迪喜欢拥紧舞伴，在耳边哼唱歌词："你看不出来我渴望替代他的位置吗？你愿不愿交换舞伴，与我共舞？"

"是你在唱吗？"

"这叫强烈的沟通，这身打扮也是。"

"退后点，你疯了吗？"

安迪往后退了一步，优雅并天真地带着她跳舞，对她露出恶魔般的笑容，一边还对其他舞者点头说"爱你哦"。

罗斯玛丽喘口气，瞪了带她转身的安迪一眼。

他说："克雷格快疯了，没法决定要剪掉你哪一段，他已经把我的片段全剪了，真的，差不多都剪了。我们打算称之为安迪母亲的广告片。"

"我爱你们两位！"一名踩在爸爸鞋上跳舞的八九岁女孩对他们喊道，"我们会在威廉斯堡市点蜡烛！"

"我们也爱你，亲爱的！"罗斯玛丽对她喊说。

"爱你，小甜心！"安迪大声说，对罗斯玛丽笑道："想不想再拍一部？”他带她舞个沉步，“关于哪个时区何时点蜡烛的广告？”再将她拉起。

“想啊。”她说，“事实上，我正在考虑是不是该改吃这行饭。”

“别那么做。”他对她笑说。

“为什么不行？”她问他，“我不是很能散发魅力吗？我昨天不就是那样吗？我决定新年开始靠接受采访，赚点自个儿的收入。每家媒体都邀我去午餐，我打算开始接受邀请了。”

安迪看着她，陪她旋转说：“你不该太把那些人的话放在心上，他们这会儿追捧得火热，转眼就没兴趣了。”

她抽回身，斜眼看他。

安迪耸耸被她搭住的肩头说：“我只是不希望你期望太高罢了。”他别开眼神。

“噢，得了。”她说，“面对现实吧，安迪，我一旦表示兴趣，他们定会求之不得，且热情不减，你明知那是实情。”

他回头看她，点点头，“我猜也是。”

“你‘猜’？”

“我们要把双胞胎命名为安德鲁和罗斯玛丽！”一名妇人在他们身边喊说，绿袍下的肚子挺得老大；妇人的先生也附和道：“爱你们两位！”乐团奏起《蓝天》。

“噢，祝福你们。”罗斯玛丽随安迪舞动说，“也祝福他们！爱你们！”她扯了一下安迪颈背上的头发，安迪看着那对夫妇说：“爱你哦。”然后目送他们没入其他舞者中。

罗斯玛丽慨叹一声，抚着他的头发，将脸倚到他肩上，轻声哼唱，两人一起旋转跳舞。“从今尔后仅有蓝天，不曾见过阳光如此灿烂……”

安迪望着前方甩甩头，仿佛想厘清思绪，同时一边对周遭舞动的人们微笑。

罗斯玛丽的套房门外，乔的手掌离她裸露的香肩极近，“安迪的母亲，”他说，“我真难以置信。”

走廊柜台边的门房不见了，或许有人提点他不妨去上个洗手间。

“乔，”罗斯玛丽说，“有时我自己也差点忘了，但安迪并不是耶稣，而我亦非马利亚，我是来自奥马哈的罗斯玛丽·雷利，雷利家的男人是替荷美尔肉制品公司做事的，至少以前是。”

他吸口气，“是，明白了。”然后抓住她肩膀，吻住她的香唇，罗斯玛丽抱住他回吻。

两人彼此相视而笑，然后罗斯玛丽取出袋子里的房卡打开门，两人一起进房。

她让他先进去，自己再闩上身后的门。

既然罗敷未嫁，使君未娶，何需矫情造作？

两人从酒吧取出窄口杯和两瓶迷你白兰地，坐到沙发上将灯光调暗，彼此相拥亲吻。

久久不停。

“我得告诉你一件事。”乔抚着她的脸说，“罗妮和我分手后，我并不是一直单身，由于旁边耳目众多，我觉得最好先等我做了结，我们再……你知道的，以免有风险。不过我想提个建议。”

“什么建议？”她问。

“我在想除夕夜的事。”他说，“我知道我们大家会一起点蜡烛，不是在公园的典礼上，就是在市长官邸或其他地方，但我想，或许在烛光仪式后，在子夜时，你我可以单独点蜡烛。我还有多余的。”

她对他微笑道：“这主意很棒，乔。”二人又互吻。

他拿起茶几上的窄口杯，递给她一只。“我想我们可以轰轰烈烈地展开新的一年。”他笑说，“这句双关语用在这里挺好的。”他喝着白兰地，瞅着她。

罗斯玛丽喝着自己的酒微微一笑说：“若不用在二〇〇〇年初，难道还有更适当的时候？”

他笑着点头，“不过仔细一想，我敢跟你打赌，等烛光仪式一结束，一定会有很多人胡乱瞎搞，比例将达人类史的新高。”

“你说得对，”她回道，“公元一〇〇〇年算什么。”两人咯咯笑了起来。

“小巫见大巫！”他说。两人轻轻互吻。“天哪，”他摇着头说，“我真没预料到会这样！”

“但我预见到了，”她说，“第一次看到你，我心里便想，‘有点年纪，但很性感’。”

“谢啦，罗斯玛丽。”

“我当时心态才三十一，”她说，“现在有时还是那样。”

乔说：“你的吻技差不多是十八岁。”

两人抛开手里的窄口杯。

第十章

她精神奕奕地一早醒来，虽然二人厮磨至深夜，感觉却十分焕然。

或者正因为如此，才会如此亢奋吧。她几乎快忘记两情相悦的肉体接触何其销魂了，虽然乔非常节制，但这是她近七年来，再加上后来昏迷的二十七年，第一次与男人有实际接触……噢，天哪。

当然了，接吻不能算是性爱。

她好期待与乔共度除夕。

今天是星期四,九号吗？她得跟乔谈谈，问他多久才能做好了断？还有他们究竟要纯情浪漫到几时？

她的新年新希望只能等时机成熟再说了；眼前有更重要的事务，如协助所有人了解应当于何时点燃蜡烛。

每次思及烛光仪式的美与象征意义，罗斯玛丽便悸动不已。直至星期二聊天录像时，她才获悉蜡烛点燃时，高画质的卫星影像将传回地球，在全球做现场转播，并加上波士顿大众管弦乐团及摩门教合唱团联手演出的演奏会。安迪或许不是天使，却是位不折不扣的艺术家，因为他的烛光仪式就是一场大型观念艺术，对全人类深具影响与意义。

他真是疯了，竟然在大庭广众下对她又磨又蹭——当时很多人不也都那样？八成有十几个人吧——也不看场合！他实在应该看看场合！她真的得再跟安迪谈谈。

罗斯玛丽拉开窗帘，金色阳光直刺眼眸；她抬臂挡去第五大道高楼顶空的艳阳。*不曾见过阳光如此明媚！*

也不曾见过这么多的慢跑者。罗斯玛丽斜眼瞄着臂膀底下，公园路上南行的出租车和车辆飞驰过去，另一侧是在双线道上来回慢跑的短裤和运动衫。谁能想象得到，会有那么多热爱健康的人，疯狂地在凛冽的十二月清晨蓝天下跑步，然后再去上一整天的班……

*事情从不曾如此顺心过！*罗斯玛丽穿着紧身连衣裤和运动服，戴上围巾帽子，外加一副遮阳镜——在今早前，她都还叫它太阳眼镜——跟着一群健康狂热分子慢跑。这群表情坚毅的纽约客各具风情，他们大都戴着“我♥安迪”的徽章，少数人穿着“我♥

安迪”T恤，其他人还展现出自己对莫扎特、巧克力及纽约长岛南岸火岛的喜爱。

时光匆匆而逝！当你沉浸于爱情……罗斯玛丽哼唱着。

接着罗斯玛丽吃惊地瞥见布拉德福德大厦了—大厦位于大道及公园后方的中央公园西路上，大厦的尖顶与塔楼被树杈掩去了。那真的是布拉德福德大厦吗？她瞥见的一角，感觉有些不同，似乎变得更加舒朗。

罗斯玛丽等北边的红绿灯将出租车和车流拦下后，才穿越马路。

罗斯玛丽循着一条上坡路右转，走在马路边缘，任由车辆自左侧擦过。接近中央公园西路时，道路拐向左边，整座哥德式砖造建筑便映入眼帘了。正是布拉德福德大厦没错。

大厦清洗过，或喷过沙，或以蒸气等现代手法清理过了。黑色的布拉德福德大厦摇身一变成了淡桃色的大楼。怪兽状的滴水嘴都已撤走，屋顶的小尖塔上飘扬着星条旗。

那是安迪的布拉德福德大厦。

罗斯玛丽笑着摇头，大厦中庭里搞不好还贩卖T恤——各种样式的安迪T恤，和一两件大厦前知名住户，自然主义作家西奥多·德莱塞和现代舞创始人伊莎多拉·邓肯的T恤。他们可有任何描写艾德里安·马卡托及撒但纪念品的T恤？有没有“特伦奇姐妹”把可爱的蒂芙尼炒来吃的图案？可有珀尔·埃姆斯和她的宠物？

有个女人在她后方哭泣。

罗斯玛丽转身，看到一片挡雪栏和灌木丛后的低处空地上，围站了几个人。哭泣的女子年纪颇轻，她身穿黑衣，被一名年长的妇人从人群里带开。

罗斯玛丽闭上眼睛，将手指探到遮阳镜下，紧按住自己的眼球，身体忍不住一晃。

自从一个月前，她在电视上看到安迪的第一刻起，便忍抑不去多想的忧思，此时苏醒了。

罗斯玛丽抬起头，摘掉遮阳镜，甩开烦绪。她拉低帽子，以围巾盖住嘴部，出发寻找通往空地的小路。

她在之前的路旁，找到一条柏油曲径，小径边有“草莓园”的标示。草莓园空地上有六七个人，环立在地上的黑白图纹大圆片旁，圆片上摆了几朵花和折纸。其中几名男女低头俯望，状似祈祷；其他人忧伤地望着前方，更远处的一些人则拿着相机瞄准这群聚众，并拿相机逼近地对着圆盘猛拍。

一位像地中海人的妇女，面色庄严地在圆盘上撒下一大把红玫瑰，她闭眼掀动红唇，妇人与年轻女子一样全身素黑，女孩仍坐着哀哭，由母亲或朋友陪坐在一旁的长椅上。

罗斯玛丽努力保持镇定，这一定是忧思侵脑造成的幻觉：安迪三十三岁了，跟耶稣被钉十字架的年纪相同。

这些人在安迪的儿时家园对面，环绕着一处尚未起建的神祠，然而神祠总有一天会盖起来的。

罗斯玛丽深深吸气，握拳贴在身侧，向圆盘走近。

圆盘是以黑白瓷片贴成马赛克，装饰着轮子与奇怪的锯齿轮辐图样，盘子中央的红玫瑰底下，有四个黑色大写字母；罗斯玛丽将眼镜推高，以便看清——MAGI。

她不懂这几个字代表何意，是智者的提点或预示吗？原因呢？可是它别有深意吗？罗斯玛丽架回眼镜，从忏悔者身边走过，调整帽子和围巾，沿着另一条通往马路的小径加速前行。当她看到半英里外玻璃金亮的塔楼时，还慢跑起来，结果撞到一个人，罗斯玛丽回头喊道："抱歉，对不起！"一边继续跑着。

戴着扬基球帽，身穿"我♥符号"T恤的老人朝她挥拳喊道："小心点看路，葛丽泰·嘉宝[1]！"

罗斯玛丽来到大路上放缓步子，等了一下，才跑过马路来到往南的路上。

她混迹在如流的慢跑者中，朝金光刺目、安迪所在的塔楼跑去。

安迪星期二时跟她说过，她的卡片已经开启，可以从大厅入口搭乘私人电梯；罗斯玛丽没料到会用得着。她按下十层，电梯快速窜升。时间还很早，但安迪通常八点就进办公室，这是安迪曾对媒体说的。

安迪今早确实在那儿，当罗斯玛丽穿过空无一人的总部办公桌群，走到半途时，便清楚听见他的声音。"求求你了，嘿，求求你！让我把话说完行吗？还有半数广告招牌还没立起来，中国

① Greta Garbo（1905—1990），瑞典国宝级电影女星。

和南美的还有超过一半，不过最慢周五前全都会架好，所有地方都会。”

她走入接待室—朱迪还没到她的办公桌—于是直穿过接待室，继续朝安迪打开的办公室门口走。“我们从十三日星期一起，一定会在电视上大力播放你觉得主题表达最明确的那两个广告，直到月底……就是小孩子和爷爷，以及—你有啊！几天前才说的！噢，该死……”

她看到办公桌后的安迪转过椅背，面对窗户，用手搔着茶色头发。罗斯玛丽将帽子眼镜拎在一只手上，另一手搭到门上，却就此停住，她不想打扰安迪。罗斯玛丽闻到了咖啡香。

“数字一定会变好的，我跟你保证，我真的不认为有必要，也不实际，我觉得那么做不恰当—她当然会愿意，我知道的。”安迪将椅子转过来，看着罗斯玛丽。

罗斯玛丽走进办公室，歉然地伸出手。

安迪笑了笑，挥手招呼，对着电话说：“瑞内，”安迪站起来，身上是GC的T恤和牛仔裤。“对不起，很抱歉，瑞内，我妈刚进来，我们能不能长话短说，拜托你？”他绕过桌子，罗斯玛丽也走向前。“好的，”他说，“我会。”安迪对罗斯玛丽说，“瑞内跟你打招呼，他人在机场。”

“噢。”罗斯玛丽想起那位跟她握手的法国老者，便也挥了挥手。

“妈也跟你致意。”安迪笑咪咪地看着罗斯玛丽。“等你到家后，我们再谈，好吗？一路顺风，还有请代我向西蒙娜的慷慨提议表示感谢，告诉她，我真希望能有时间多安排十二场演奏会。请帮我跟你可爱的孙女们打招呼。”他放下电话。“唉，”他走向罗斯玛丽，用手抚着额头和头发，“多谢你来解救我，他是我们主要的赞助者之一，老先生人虽好，却很爱杞人忧天！”他在牛仔裤上擦手，“他老婆则是世界上最恐怖的女高音。”

安迪搭住罗斯玛丽的肩头，亲吻她的脸。

她倚在安迪身上，用脸贴住他肩头，抱着他，聆听他的心跳，任由他搂着她。安迪说：“你身体好冰，是不是到外头跑步了？”

“嗯。”她紧依着他说。

“跟乔吗？”

“我一个人。”

“没有人干扰你吗？”

她扬一扬手上的帽子和遮阳镜。

安迪抽身低头望着她。“怎么了？”他问。

罗斯玛丽说：“我很担心你。”她抬头看着他说，“我好怕—怕你会遇上很恐怖的事……”

安迪叹口气，点头说：“是有可能，可怕的人遇到恐怖的事是常有的，瞧瞧斯坦利·尚德，太惨了。”

“噢，别那么说。”她在安迪的臂上捶着。

安迪表示：“你特别害怕什么吗？”

“没有。”罗斯玛丽说，“我只是从布拉德福德大厦对面走过，突然害怕起来……”她望着他。

“你看到大楼改成什么样了吗？”他问。

罗斯玛丽点点头。

“我觉得挺罪恶的。”他说，“但令你害怕的不是布拉德福德大厦，究竟是什么？我看得出你不开心……”他抚着她的背。

罗斯玛丽说：“我看到……”

“看到什么？”他低头看着罗斯玛丽，一手轻抚着她。

她耸耸肩，叹口气：“有人戴着反安迪的标示……”

“是看到‘自由之子’的人吗？”他说，“他们跟安·兰德团队一样，都是笑话罢了。别担心，我跟大家一样安全，或不安全。应该是更安全啦，别忘了，每个人都很爱我。”

“万一人们发现……”她看着安迪。

“那就别说出去。”他表示，“我不会说的。要不要喝咖啡？我刚煮了一壶，新鲜又美味。”

罗斯玛丽叹道：“当然要。”

他亲吻罗斯玛丽的头，两人放开彼此，罗斯玛丽脱掉围巾，安迪则走到办公桌旁的茶几。“下次跟乔一起去，或者跟我。我也想跑跑步，要不然跟安全人员也行。我怕你万一被人认出来，说不定会被包围。”

“好吧。”罗斯玛丽坐到沙发上，搓着手。

他用GC马克杯帮她倒了杯浓淡适中的咖啡，外加一根汤匙和一包糖。“其实我打算再过几分钟打电话给你。”安迪拿着自己的马克杯坐到边椅上，朝书桌偏了偏头，“跟瑞内通电话前，我跟黛安谈过，她刚想出一堆拍摄的点子，但没什么特别重要的，你不必有压力，不是非做不可，我是说真的。你若想下个星期便开始执行自己的计划，我可以请朱迪帮你跟媒体沟通行程，或者你可以……”

“你有话直说吧，安迪。”她说。

“我们去爱尔兰。”他说，“下周一起去几天，到都柏林和贝尔法斯特。我们是这样想的，因为你有爱尔兰血统，我想请爱尔兰共和军参加烛光仪式，他们对 GC 的热烈响应将胜过其他任何地方，届时国际媒体将大力报道，也许英国的 GC 能说动国王提前造访，我们将每隔五分钟便倡导一次时区的事，有点强行推销的味道。”

罗斯玛丽坐回去，眨了几下眼，然后斜眼瞄着安迪，放下自己的马克杯。“我当然愿意去了，”她说，“安迪，我真搞不懂你。”她挨过去拉起他的手，“你为什么摆出一副我们要去卖香烟的样子，”她说，“我们是要去宣扬一件激励全世界的好事呀！你千万别小看这件事，烛光仪式是件艺术作品，这是我的肺腑之言。凯和我以前有很多艺术界的朋友，其中有些人创造‘事件’，创造让人们能参与并使之更加丰富的公众事件，所以我很清楚自己在说什么。烛光仪式会是史上最伟大的壮举。”

安迪叹道：“好吧，老妈，我不会再小看这件事了。”

“我们非去爱尔兰不可，”她说，“我一直希望哪天能去。”她摇着头，“如果布莱恩和多迪没去搭邮轮就好了……”

“就我们两人去吧。”他说。

罗斯玛丽看着他。

安迪对她笑说：“昨晚是因为喝了香槟，否则打死我也不会那样贴着你。我会乖乖的，真的。”他的虎眼闪了一下。

“我的天使安迪。”她思索片刻，安迪静候地望着她。“不行，”罗斯玛丽说，“我一定要带一名秘书随行，最好是我认识又合得来的人。有什么建议吗？”

安迪无奈地说：“我一时想不出来，但我会想到的。”

“很好，”她说，“还有，我的男朋友也要同行。”

安迪瞪着她问：“你的男朋友？”

罗斯玛丽点点头，“我们大明星旅行都是这样的。”她笑了笑，对他眨眨睫毛。

安迪似乎并不觉得好笑。

第十一章

十二月二十日星期一早晨，他们从爱尔兰回来后翌日，朱迪拉起纱丽的裙摆说："对不起，我得走了。"然后匆匆奔过汉克的轮椅前，沿着十楼中央走廊，朝罗斯玛丽追过去。

她在女厕所外追上罗斯玛丽，并将她拉入厕所。"罗斯玛丽，我得跟你谈一谈。"朱迪关上门说。她蹲下身，检查各个厕所门下，然后站起来，喘嘘嘘地将纱丽顺平。

"我的天啊，朱迪。"罗斯玛丽揉着自己的胳膊说："你之前那么了无生气，怎么现在这么生龙活虎？我很高兴你康复了。"

朱迪说："抱歉我之前那副死样子，但我必须那么做才能撑过整个旅程。对不起刚才把你弄疼了。我好想离开这里，我要离开了，求求你，我们今晚能不能碰头？我们非见面不可！”

“你要离开？”罗斯玛丽问。

朱迪点点头，“离开GC，离开纽约。”

“噢，朱迪，我知道你和安迪有些问题……”

“那是过去式了，已经结束了。”朱迪说，“我在都柏林的第二天晚上就已经知道，记得吧？那晚你和他被困在雨中，后来他发烧了。你们被困在哪里？公园里吗？”

罗斯玛丽点点头。

朱迪叹口气，“以前他喜欢我扮演护士或妈妈—我听说所有的男人都喜欢——但那天晚上他——噢，我晚点再告诉你。求求你，你一定得抽出时间，我有好多事得告诉你，我必须在离开前跟你说，而且有几件事我需要听听你的意见。”

“朱迪，”罗斯玛丽说，“在我的文化中，也就是说，基本上是奥马哈再加上一点点的纽约文化，我们女人真的不想听儿子的感情生活细节。”

“不是那样的，”朱迪说，“不是你指的那种事，这些事你反正很快就会看到消息了，最慢在四月或五月吧。”

罗斯玛丽看着她问：“你这话是什么意思？”

“我稍后会把一切告诉你。”朱迪表示，“我求你，千万别跟安迪说我要走了，我明天或今晚会打电话给他，但我若必须面对他，就永远也走不成了。他每次都用一脸真诚和甜言蜜语，哄得我完全没了主张；我痛恨自己那样。”

罗斯玛丽吸口气说："好，就今晚，八点钟行吗？"

"谢谢你。"朱迪拉起她的手握紧说："谢谢你。"

两人来到外头走廊，汉克坐在几码外等着，一张月亮脸红光油润，镜片后的眼睛闪闪发亮。"好了，罗斯玛丽。"他说，"你和国王到底有什么八卦！"

朱迪说："是呀，拜托，我也打算问这件事！"

"哪有什么八卦啊，"罗斯玛丽说，"你们也知道那些英国记者，国王不过是亲了一下我的手，要不他能怎么做，难不成赏我一拳？"

"噢，好吧。"汉克说，"我这里有些有趣的消息，我拿到周末的民调结果了。"

"结果还好吗？"罗斯玛丽问。

朱迪拍拍她的肩说："非常好。稍后见。"然后亲吻罗斯玛丽的脸。"汉克……"

"保重了。"罗斯玛丽回道，然后朝汉克的轮椅移近。

"广告片首轮播放整整一个星期，不清楚何时点蜡烛的人，平均百分比从二十二下降到十三了。你看。"汉克说。

"我真不敢相信。"罗斯玛丽说着弯身读着列表，她吹了个口哨，继续往下看。

汉克眉开眼笑地看着她，朝旁边偏偏头说："嗨。"

罗斯玛丽转头站直身体，也跟着朝站在女厕门口的桑迪说"嗨"——金发的桑迪穿着高领米色套装，一脸平静，甚至比电影《鸟》中的女主角蒂比·海德莉更像本尊。她八成是在最远的厕格里——不过既然隔那么远，应该不会听到朱迪说的话吧。

桑迪笑嘻嘻地走出来说："嗨，欢迎回来，希望你时差调得差不多了，这趟旅程一定很精彩吧！你穿贝尔法斯特长袍时好美。"

"待会儿见。"汉克将轮椅掉过头，沿着走廊离开。

"好了，快说吧！"桑迪舞着红指甲的手哄劝罗斯玛丽说，"跟国王陛下到底怎么回事？"

"根本没事，"罗斯玛丽说，"你又不是不知道那些所谓的英国记者。"

两人交头接耳地跟在汉克的轮椅后。

克雷格从走廊过来，和汉克故意互相挡来挡去，接着汉克把列表拿给他看，大伙围着看了一两分钟。

然后罗斯玛丽挥手道别，走进电视部门，汉克则沿廊而上，克雷格去上厕所，桑迪则还留在原处。"克雷格，"她说，"等你上完厕所，我们得谈一谈。"

对"睡人罗斯"这位菜鸟而言，最诡异难解的，就是一九九九年，每个人都在撰写并讨论恐怖分子声称负责的方式。艾格妮丝修女八成会把尺打裂，加深她书桌上的尺痕说："我们只能'声称'善良的事！"啪！"因为责任是一种智慧与成熟的表现！"噼啪！"他们只能'坦认'有罪！"啪！"那些胡乱说话的人，真该感到惭愧！"啪！

虽然安迪已将残酷的恐怖主义，从去年骇人的高峰降低不少，但暴力野蛮的行为仍时有所闻，而且不仅限于中东地区。他们飞抵贝尔法斯特的早上，便听说恐怖分子以改良的老式瓦斯弹，在汉堡杀害了六百多人。目前尚无人出面“声称负责”，港口附近的十几个街区仍受到毒气肆虐，官方并未公布细节。

罗斯玛丽在返家的飞机上跟安迪讨论，有无可能拍个广告或演讲，叫大家停止谈论恐怖分子的事，让他们的孩子能在正面文明的气氛中成长。安迪认为这是个好主意，明年可以一试，但语气似乎不怎么热烈，于是她将存在笔记盒里的一些想法整理一遍，思索如何谏言，藉此激励安迪采取行动，或找机会自己动手。

罗斯玛丽等安迪打电话来谈谈降低九个点的丰功伟业，但心里其实并不担心！

安迪正在跟别人忙活，现在应该已经看过记录信息了。

又过了约半小时后，罗斯玛丽打电话给安迪，接电话的是录音机。

她打给汉克，也是录音机。

她起身找克雷格谈话，打开门却是一愣。

整个影片小组都不在！

没有克雷格、凯文，连半个人都没有……

影片组的三个人都不在，太奇怪了吧？

她在无人的办公室隔间中穿梭，通常她只要竖耳倾听，斜眼一瞄，便能在中央走廊和后方的法务部门瞧见人影——如灯光、脚步声、远处有人玩电脑游戏等……

但今天不然。

一片死寂。

她走回办公室。

拨电话给桑迪，还是录音机。

罗斯玛丽看着报上日期——一九九九年，十二月二十日，星期一（汉堡死亡总数增加到……），最后终于明白大家为何神秘失踪了。

而且她也应该马上跟着休假了。

因为离圣诞节，只剩下五天可以购物。

罗斯玛丽戴着遮阳镜、方巾，身着黑毛衣和休闲裤，浏览大厅各精品店的圣诞橱窗摆饰。敲钟员挥着戴白手套的指头跟她打招呼，她也响应着，还不时停下来笑一声、说句话，“你知道那些英国记者……”

她已从都柏林寄毛衣给所有兄姊姑嫂和甥侄儿了，但尚未帮这边的人买礼物：GC 的工作人员（七男五女），几位尽心尽力、不该仅塞个红包就打发的旅馆员工（两男两女），还有安迪和乔。

安迪的礼物颇令她头痛。

上次圣诞节很轻松——一辆三轮脚踏车、拼图和两本苏斯博士的书。这次相隔六个多月的圣诞节却大大不同了，因为他长了近二十八岁，又知道自己的生父是谁。所以问题不在于该送什么，而在于该不该送。

要在耶稣生日当天，送他礼物吗？

是的，她已决定好了，就某方面而言，就像不去讨论恐怖分子的事一样：让他知道还有别的选项。

她去古驰的店里询问手套价格，打听罗德与泰勒百货的订制珠宝，还有香奈儿的古龙水。

她到爱马仕精品店挑了半打方巾和一条围巾，围巾今晚就送给朱迪，万一她无法让朱迪改变心意留下来的话。她和安迪不能只保持朋友关系吗？（还有她说“你迟早会在四月或五月看到消息”，指的是什么？）

她刷卡付账，并提醒自己，无论GC由谁创建——过年期间，还是别去想他吧！——公司今日的资金，主要还是来自瑞内这些富豪的捐献，他们还另外设了一个基金，专供安迪私人消费。这是安迪去爱尔兰前，给她卡时说的。任何脑袋正常的人，都不认为当今世人可以认同穷人，并受其引导。妈，你就认清现实吧。至于那些捐到GC办公室的各地善款，则全数投入地方社会服务计划与花费；这一点，美国国税局和各国税务机构都会盯着。

好吧，不过她很期望明年能够用自己的钱买圣诞礼品。

罗斯玛丽在苏尔卡精品店细看一件绲蓝边的漂亮黑色缎袍，安迪穿起来应该很棒，不过价格不菲，且有点像睡袍，但说不定……

四点刚过，罗斯玛丽回到套房。她两半点去护理头发时，被问了一堆跟国王的事。罗斯玛丽才刚要摘下遮阳镜，私人电话线便闪了起来，安迪一直在找她。

“嗨，我本不想拿这件事打扰你，但之后我想起来了，安迪的父亲以前是不是在百老汇演过《路德》？”黛安劈头就问。

罗斯玛丽答道：“是的……”

“我就知道，也许你能帮这些孩子一点忙，他们想在外百老汇重演这部戏，戏刚开始排演，结果排演室的房主是路德教会的，他说那是异端邪说，而且还假借名义把他们扫地出门，因为支票稍稍迟付了。”

“屋主若是路德教派的，为什么会认为那是异端邪说？”罗斯玛丽问，“那部戏是挺路德的呀。”

“我怎会知道那个男的脑子里在想啥？我只知道孩子们再过两天就要被赶到人行道上了，他们打算集合起来抗议，导演是我一位老友的孙女。假如你能拨五分钟给他们，谈一谈言论自由，他们应该能上新闻和报纸媒体，理论上应该就能解决问题了。老实说，我不认为房东会让步，他以前也干过这种破事，而且还逍遥法外。”

罗斯玛丽说：“集会什么时候、在哪儿举行？”

她打电话到朱迪的公寓，听到电话答录，只好等到哔声后说：“朱迪，我是罗斯玛丽，我们可不可以……”

“我在家，罗斯玛丽，什么事？”

“嗨，”她解释道，“今晚我们能不能晚点见面？有几个演戏的孩子要集合抗议……”

“好的，没问题！你去帮他们！钳制别人表达意见实在太不该了！不过如果支票迟付，房子又是那个人的……”

“据黛安的说法，我九点前就能回来。”罗斯玛丽表示，“不过地点在格林尼治村的卡麦街，所以约九点半比较保险。”

“我都行啊，我正在打包，可以慢慢弄。”

“你别急着走，”她说，“我们先谈谈。”

“我心意已决。好好去演讲吧，祝你好运。”

她打电话给黛安，仅低声说了句：“好。”

“噢，太好了，说不定能奏效，太棒了。我会安排车，七点半去接你行吗？”

“我会打电话给乔，”她说，“如果他想去，或许可以顺便搭一下他的车。我待会儿再回电话给你。你今天看到安迪了吗？”

“除了我家女佣，今天我谁都没看到，我坐骨神经痛，正卧病在床。”

“我真为你难过，黛安！”

她打电话到乔公寓。

“没问题，我们可以开我的车去，他会去吗？”

“安迪吗？”

“路德教会的。”

“乔。”她说。

“也许我们有些共同认识的朋友，没别的意思。我认识几位剧院老板，几点钟？”

她打电话跟黛安要住址。“去到那儿就跟舞台监督菲尔联络。噢，关于民调的事，恭喜了！”电铃响起，是安迪。

“安迪来了，”罗斯玛丽说，“我回头再告诉你情况。”

“帮我跟他说……”

罗斯玛丽挂断电话冲过去应门，因为安迪又按了铃。她打开门，迎面是一团又红又圆的玫瑰，就像撒在 MAGI 圆盘四周的那些花。

安迪笑嘻嘻地对她说——会不会笑得太灿烂了点？“数一数。”说完把一束用大厅花店金色包装纸包妥的花束递给她。

“好漂亮。”她捧住花说，“谢谢你。”同时盯着安迪的脸，看他走进屋里关上门。“是不是出了什么问题？”她问。

“你在开玩笑吗？”他说，“数一数。”

有九朵。

“因为民调降低了九个点，太厉害了！”他说。

“我就知道！”两人贴着脸颊，互相亲脸。“噢，谢谢你，亲爱的。”她说，“这花真的好美！”她把脸埋入花中。

“你的发型看起来不太一样。”他拉开夹克拉链说。

“喜欢吗？埃尼的灵感之作。”她让安迪看两侧的发型。

他斜睨着扬起头说：“嗯……我得花点时间才能习惯。”

“我很喜欢呢。”罗斯玛丽打开厨房，安迪脱掉外套随手一丢，“你一整天跑哪儿去了？”罗斯玛丽打开柜子。

“市长带我们一群人搭飞机到首府奥尔巴尼。”他说，“去求州长谈医院法的事。”

她拿出一只玻璃花瓶，“你就穿成那样去啊？”

“是啊。”他点点头，“州长气死了。”两人彼此相笑，安迪倚在料理台边，看罗斯玛丽把玫瑰插进瓶里。安迪说：“我今晚的行程取消了，要不要去看电影？”

“我没法去。”她往后靠，斜眼看着他说，“我得去做个简短的演讲。”罗斯玛丽边调整玫瑰边解释。

安迪表示："我很想听你演讲。"

"那就一起来吧，"她说，"不过乔会开他的车载我去，他的车是两人座的，不是吗？"

"三人座。"安迪说。

罗斯玛丽拿喷水管将水注入瓶里，看着安迪说："那有个条件。"

"什么条件？"

"不许喊他'老兄'、'老头'或'老家伙'。"她说，"整晚一个字都不许提。"

"你在说什么？"安迪表示，"我才不会……"

"噢，安迪。"她擦着花瓶，"少来了！别装蒜，你很清楚我在说什么。"

"好吧。"他走向电视，"好啦好啦……"

"我要进屋了。"她将花瓶摆到茶几上，"我想休息一下，写点笔记，你如果想留下来，冰箱里有半块火腿奶酪三明治，要不直接带走也行。我六点左右会叫些吃的，乔七点半会过来。"

"你看方布伦。"安迪拿着遥控器站在电视机前，"听见没？他把演讲里跟枪只有关的两点拿掉了。"

"是因为广告的关系吗？"她问。

"他看到民调了。"

迈克·范布伦戴着牛仔帽，在蓝天下，呵着白气对几支手持麦克风说："……大家应该和平理性一点，对吧？自由之子表示，若不再受到逼迫，他们会考虑点蜡烛，幸亏有罗斯玛丽真诚恳切的谈话，当然还有安迪的，看来我们全国将团结一致了。”

安迪拍着自己的胸膛喊道：“我的事业要被你抢走啦！”

罗斯玛丽大笑说：“噢，天啊，方布伦往中间路线靠拢了，说不定因为我们的关系，他会当选下任总统。”

安迪咯咯笑着换台说：“门儿都没有，我跟你保证。”

“政治的事谁也说不准。”她说。

“这点你完全可以相信我。”安迪答道。

第十二章

这是一个非常糟糕的夜晚，唯一称心的只有那场演讲。观众人数比罗斯玛丽预期的少——约三十名年轻男女，都是演出的演员和他们的友人——但大家的反应异常热烈，仿佛他们跟罗斯玛丽是一起读书、排练或运动的伙伴。地点在一栋四楼公寓的一楼，舞台比 GC 圆形剧场的半圆还小；黛安朋友的孙女（舞台监督菲尔表示，导演因视网膜脱落，正在圣文森医院救治）想把《路德》这部戏塞到台上，挑战可谓不小。

罗斯玛丽引用了一些哈奇讽刺宗教基本教义派的话，轻松引起观众大笑——哈奇在他的男孩冒险小说里，有一场男孩们裸泳后，围坐营火啃牛肉干的片段中用过这些话——另外还得感谢纽约公共图书馆信息专线某助理的协助，才得以正确地引述开国元勋潘恩与杰斐逊的话。罗斯玛丽字字铿锵地对这些皈依者传教，大伙报以热烈掌声后，纷纷围上来索取签名、祝贺她，并表示她应继续做更多类似的精彩演讲。安迪坐在房间后方角落的塑料椅上，双臂交盘，颔首低垂，一旁的乔对罗斯玛丽咧嘴笑着，竖起两根大拇指，还用手肘推了一下安迪。

倒霉事发生于演讲前与演讲后。

先是卡麦街东边几条街外发生火灾，灾情大到将所有赶来采访的电视媒体都吸引走了。

到了八点半，菲尔表示无法多等，将就用架在观众群里的摄影机拍摄即可。就在大伙重新坐定，菲尔抬起双手要众人安静时——警车来了。

接着防爆小组也开着卡车，带着警犬来了。

一位自称代表“反路德之路德教徒”团体的女人打电话报警，“声称”他们放了一枚炸弹，预定九点钟引爆。女人还强调他们反对的是这部戏，而不是路德本人。虽然有百分之九十九的可能性是假空袭，但大楼必须立即清空，彻底搜查。抱歉了，各位。

乔正准备去取车，但罗斯玛丽被这些自称基督徒的人惹怒了，他们竟可以自私到这种地步；何况，她已箭在弦上，又有热心的观众，罗斯玛丽觉得这场演讲应该会是很棒的热身，或可练习对更难应付的观众做长篇演讲。

安迪不置可否。

乔则说："反正你是老板。"这话是对她说的，不是对安迪。

罗斯玛丽借用菲尔的电话——他年轻开朗，有一对像之前的邻居莉亚·方丹的大蓝眼，下巴也一样单薄——穿过拥挤的封锁街道，到熟食店窗口的背风处，拉紧裹在身上的外套。其他所有人——安迪、乔、菲尔、演员们，以及半条卡麦街的居民——都在检视从多米尼克大厦三、四层下来的男女。

*那个破房东也太双重标准了吧。*罗斯玛丽摇摇头，等朱迪的录音机走完。"我是罗斯玛丽，你在家吗？"朱迪应该在，她住在西尾大道的公寓，距离塔楼走路仅一小段。"我不可能在九点半前回去了。"罗斯玛丽说，一边引颈张望群众在欢呼什么。"我们接到炸弹威胁，很可能十点才回得去。万一到时还回不去，我会打电话到柜台，叫他们请七楼的人放你进去。"

罗斯玛丽打电话给柜台。

等她终于站到那群热切支持的观众面前时，时间早已过了九点半。

当安迪打算坐进乔黑色的阿尔法·罗密欧跑车后座时，倒霉事又发生了。安迪发现车子左后方挡泥板上，有道三英寸的刮痕。乔一脸怒容地默默载他们绕回停车的街区车库，然后下车跟服务员理论，请剃头戴金耳环的胖服务员查看刮痕。男人说这是他第一次看到，乔根本不相信。罗斯玛丽劝乔说，她真的很想回家，而且如果真有那么重要，应该找律师出面，而非诉诸威胁。这时时间已过十点。

"什么叫'如果'？"乔说，"本来就很重要。"

大约就在那时，第八大道和三十九街交叉口的水管破裂漏水。

“我告诉你，罗斯玛丽，你不可能讲得更棒了。”一行人困在三十二及三十三街的车阵中，乔说了，“你从头到尾都把大家捏在掌心里。”

“哎哟，拜托。”她说，“再也找不到比他们更友善的观众了。”她摇摇头，对乔挥挥手，“我也有可能遇到呆若木鸡的观众。”

“你真的很棒。”他用掌根击着仪表板，“她很棒吧，安迪？”

“是啊。”

罗斯玛丽扭头斜瞄着蜷缩在他们后面的安迪，他的头发、颧骨和胡子上闪着汗光。“你还好吗？”她问。

安迪沉默片刻后说：“不太好，我一定吃了什么……”他用手按住自己的肚子。

“唉呀，”罗斯玛丽伸手到座位上，摸着他放在膝上的另一只手，“希望不是吃火腿奶酪三明治吃坏的……”

“不，我想应该不是。”他说。

“火腿这种东西要小心点。”乔说着把带子塞进播放器里。

一行人在车阵中慢慢前行，越过三十三街，来到第十大道，一边听爵士女歌手艾拉·费兹杰拉演唱作曲家欧文·柏林的歌曲集，带子播放过半时，他们终于在十一点后回到第八大道，穿过四十街往北了。罗斯玛丽并不太担心朱迪的事；她不是在沙发上睡着了，就是拿着拼字板玩重组游戏。Roast Mules！她得再去求朱迪要答案了，这回真的得跪下来求——以免朱迪飞到不知名的地方。罗斯玛丽在那十个令人气恼的字母牌上，不知白费了多少工夫！

“从这边起应该不会堵车了。”乔说。

“先别多嘴，以免坏事。”

“错了，是你先别多嘴才对。”乔看着照后镜，减速将车让到右侧。一部闪着红白警灯的警车，从他们旁边鸣笛疾驰而过，跟在后面的另一辆警车亦张扬着旋灯，两部车在掠过时，笛音略沉了一下。艾拉径自悠悠唱道，这是美好的一日，一切如此和顺。

“今晚糟透了，艾拉。”罗斯玛丽看着远方渐逝的警灯说。

艾拉反唱道：“这是个适合困在雨中的好日子，不是吗？你本欲离去，此刻却须留下……”

“听听新闻吧。”罗斯玛丽说。

“我喜欢这首歌。”

“我也是。”乔瞄着照后镜，再次减速靠右。罗斯玛丽猛力按着仪表板上的按钮。“喂！”乔说，“好啦，中间的按钮，你别生气。”一辆救护车呼啸而过，“哇咧！”他对罗斯玛丽扬眉笑道，“发爱尔兰脾气啦！”

她吸口气，放松自己，靠回座上。

一名女子谈到曼哈顿西岸西中城的地下室被水淹，地铁停运，西休斯敦街火灾——在圣诞节前四天造成两死，及十个家庭无家可归。

罗斯玛丽叹口气，摇摇头，又一部警车扬着笛灯呼啸而过，罗斯玛丽转头问：“你还好吗？”

“还成。”

“安迪，”她将下巴靠到椅背上的手说，“你觉得菲尔让你想到谁？”

安迪保持缄默。

她说，“莉亚·方丹。你不觉得眼睛很像吗？下巴也像。”

安迪说：“是的，你说得对。”

“噢，糟了。”

罗斯玛丽回过头，他们被哥伦布圆环的灯给拦住了，前方左侧灯光炫目，塔楼底下旋着红、白、黄的灯光。她说：“噢，天啊……”

乔拍拍她腿上的大衣说：“很可能没事。”他的手顺便停在她腿上。

安迪笑了一声，“该不会是炸弹威胁，反路德的路德教徒吧。”

“我很高兴你觉得好些了。”罗斯玛丽逆着闪光斜视前方。

乔从她腿上抽回手，握成拳头。

“出什么事了？”他探向窗外问。

警察放他们通过，到车库入口处，并说：“有谋杀案，他们只透露这些。我好喜欢你，罗斯玛丽！”

他们沿坡道直直往下开，来到低楼层，乔把车开到一名穿制服的服务员面前；服务员连忙绕过车子，弯身帮罗斯玛丽开车门。“嘿，罗斯玛丽！”她说，“你在剧场里看起来超级酷！”

“谢谢。”服务员伸出一只手，扶罗斯玛丽迈出低到不像话的车子。乔这把年纪的男人，实在……罗斯玛丽瞄着制服上的绣名说："谢谢你，姬莎。"然后指指楼上，"你知道是怎么回事吗……"

姬莎靠近，瞪大一对棕色眼眸，"有个女的被杀了，"她说，"在大厅的精品店里，血喷得到处都是。"

罗斯玛丽抽口冷气。

"你刚说在哪里？"半走下车的安迪抬头问道，罗斯玛丽伸手拉他。"一家精品店。"她跟姬莎齐声答道。

安迪皱眉起身，拱背揉着。

"怎么回事？"乔站在车子另一侧问。

"有个女的被杀了。"姬莎绕过车子引擎盖说，"在精品店里被杀的，我不知道是哪一间。"

罗斯玛丽表示："我想去楼上。安迪，你先回去，吃点药，然后上床，你的脸色看起来很差。家里有胃药之类的吗？"

"我不会有事的。"他说。

罗斯玛丽将手搭到他额上，然后皱着眉头别开脸。安迪定定站着看她，"你没发烧。"她垂手望着他，"不过还是吞两颗阿司匹林吧，你那边有茶吗？泡点茶，或叫人送去。"

"你真的表现很棒，"他说，"即使难缠的观众也不会有异议。"

她说："能得到沟通大师的谬赞，真是感恩不尽。记得照我的话去做。"

她陪安迪走到员工专用门，亲吻他的脸。安迪拿卡划过门锁，乔走过来为他开门，安迪拿卡刷开电梯，走入红色的黄铜小舱，转头对他们说："谢谢你开车载我们，乔。"然后对罗斯玛丽笑了笑，舱门随即关上。

“达阵！”乔让外侧的门关上，“本人魅力不小吧。”

罗斯玛丽笑道：“今晚就这样了，好吗？我累了。”

“我也累了。”二人勾臂交手，一起走向电梯，“开那种慢速车，简直就是谋杀，”他说，“啊，讲错话了。”

“不知那可怜的女人是谁。”罗斯玛丽打着寒颤。

“明天就会知道了，不知是哪间精品店，真要倒大霉了。”他按下按钮。

两人互吻。

“你真的很棒。”他说。

“谢谢。也谢谢你开车载我们，很抱歉车子被刮坏了。”

“谢谢你提醒我。”

罗斯玛丽走出电梯时，柜台边的路易斯正拿着话筒贴在耳上，边按按钮边摇头。“我从没见过这种事。”他放下电话，站起来对罗斯玛丽说：“所有电话都打不通，是真的吗？精品店里发生谋杀案了吗？是有狗发狂吗？”

“狗的事我没听说，”罗斯玛丽点头答道，“另一件事倒有，是个女的。”

路易斯在身上画十字。

“你让朱迪进来了吗？”罗斯玛丽问。

“丹尼斯跟我交代了，”他说，“但朱迪一直没来。”

罗斯玛丽瞅了他一会儿后说：“谢谢。”然后转身走到廊上，掏出自己的门卡。

“你还要等她吗？”

“是的！”她喊道，脚下加紧步伐。

她进房走到客厅的电话机。

没有留言。

她拿起电话拨朱迪的电话。

罗斯玛丽闭眼聆听答录声。

又张眼说：“朱迪，我是罗斯玛丽，你若在家请接电话……这事很重要，朱迪？求求你接电话。”

她候着。

哔，接着是拨号音。

罗斯玛丽挂掉电话。

脱去外套扔到椅上，穿着“我♥安迪”的T恤和牛仔裤站在那儿。

朱迪会在楼下吗？在进来的途中被某个疯子拦住了吗？

或者她因为某种缘故，被地铁延误了？也许——真的可能性极高——是被困在她家大楼的电梯里？这位一向准时的小姐迟到了，但她有可能随时出现，解释在城里遇到了常见的事故，尤其是今天晚上。

罗斯玛丽打开收音机与电视的地方新闻，音量刚好能够听见。

她靠在窗框上，看底下旋闪着红、白、黄灯的汽车、厢型车及救护车车顶。

这真是个糟糕透顶的夜晚。

第十三章

纽约市的报纸读者和那些只会对报摊瞄一眼的市民，很难得能看到两份主要八卦报纸，发出同样的头条——而十二月二十一日星期二，便是这样的一天。两份一模一样的头版报纸，绝对值得藏家收藏。

两份报纸不仅采取惯用的耸动标题——这是它们得以苟活至新世纪交替的手段——而且还不约而同地把火灾及水患的消息，按相同顺序，挤到版页上方的一对小栏框里。虽然两报措辞不尽相同，但你总不能期望会出现更大的奇迹吧？

这是一项疯子所为的骇人罪行，可怜的女子惨遭杀害；而出事大楼的那间精品店简直就是八卦编辑梦寐以求的场景。头条就打在一块银色浅盘上：血祭蒂芙尼！

斗大的黑字排成三行。

两份报纸的报道内容略有出入，一说那批闻到尚未褪温的鲜血的狗，是楼上某位公寓屋主的威玛猎犬；一说是大楼地主的猎狼犬。

裸躺在精品店中央柜台上的受害者，她双臂摆在身侧——喻为手术台上的患者，一则说像远古神祇的人祭。

两报都提到有七把牛排刀和冰锥，一说尸体身上及四周还摆了其他餐具；另一份则一一详述。一份提到有些东西被劫—几条手环、手表，及一只大酒碗。

两份报纸都以彩色版刊登同一份电报传来的侧照：受害者躺在银光璀璨的珠宝柜上，重要部位模糊处理，身上是一道道彩带般的艳红血痕。冰锥及三把刀子的银柄以白圈标出；另外可看到几把汤匙和叉子，以及背景的圣诞植物装饰。

据两份报纸指出，至截稿之前，倒霉的受害者依然身份未明。女子年近三十、印度人，冰锥从她前额上铜板大小的红点刺穿而过。

她的确倒霉。

甚至可说是灾星高照。

一直到验尸官的手下开始准备移走尸体时，才有人想到，受害者可能是安迪的印度员工。然而很难确定，连提行李的人都无法说得准，因为她在公开场合多半蒙戴面纱，点额红的印度女子在纽约市并不罕见，尤其是国际客户密布的大饭店。不过安迪在大厦里确实有间顶楼公寓，她又符合年龄，是不是该有人给安迪打个电话？

子夜时，罗斯玛丽打电话到楼下柜台询问值夜人员，该女子的身份是否已确认，对方请她坐好，安迪正要上楼去。

这是倒霉事二，还是三？

安迪大受刺激，十分愤怒，对疯狂的凶手或凶手们感到无可抑制的愤慨。

他将仅知的一点消息告诉罗斯玛丽，此案无疑是内贼所为，凶手不但懂得破解精品店的安全系统，还破坏了安全备份的系统。他们知道百叶窗控制箱的隐匿位置，甚至知道——也许纯属运气——精品店员工在八点关门后，集体要去为一位当天下午去世的同仁守丧。

警方将于早上对大厦及精品店员工、旅馆房客、办公室员工、公寓屋主及房客展开侦查。他们得访问数千人。

罗斯玛丽为朱迪哀哭，她是如此年轻聪颖且自信——除了对安迪——在二〇〇〇年将临之际，尽管有圣诞节、安迪和即将举行的烛光仪式，但一名独处的女子，竟无法安全地待在文明的世界之都，这个事实，令她感到痛心。

安迪因为私人感情，自然格外愤怒。罗斯玛丽撑到凌晨三点，终于打起瞌睡了，不知安迪是否知道，朱迪说四五月会看到的消息，意指为何。她听到安迪在客厅电话上跟人描述凶案现场，措辞如下，“令人发指的丧心病狂”，“凶残至极”——语气激动到仿若掐住凶手的咽喉，倾泻心中所有怒气与悲痛。很好，那样有助于他……

“……真他妈的像场戏剧同业公会的作品！”

九点钟，乔带着报纸和一盒甜甜圈过来陪罗斯玛丽，安迪则率威廉、波利到市政厅，跟市长、警察局长及媒体代表开会。安迪请穆罕默德载他们去，好让乔能够休息。

安迪显然与GC的主要赞助者通了一整夜的电话；他们忧心万一消息传出去，说朱迪，安迪的朱迪，就是那位不幸的受害者——尤其本案怪诞疯狂，戏剧效果十足——一旦消息传遍全球八卦新闻和电视，导致媒体在烛光仪式的前一周，聚焦安迪和GC内部核心，大做腥膻报道，可能会使某些人打退堂鼓，例如右翼伊斯兰教徒和门诺教派人士。他们担心烛光仪式会受到讥讽，衍生缺憾，未能达成团结共融的目标。

安迪自信能说服市长和其他人，将朱迪的身份隐匿至一月一日。他们也希望能有一个完美无缺的烛光仪式，而且都安排好准备要过圣诞假期了。威廉找到一条可用的法律论证，以应消毒之需。风流俏寡妇波利的两任老公，曾分别担任参议员及地方法院法官，因此握有每个人的小辫子。

罗斯玛丽端着旅馆杯子，小口地喝着黑咖啡，她穿了“温暖但不太够暖”的爱尔兰羊毛衣，站着垂望那十个单挑出来的该死字牌。这些混蛋牌子真是恶劣到极点，她推着字牌，拼出

LOUSETRASM[1]。

然后再组成 LOSTMAUSER，搞丢毛瑟枪？那是德国军人的问题。

OUTSLAREMS，“为何会有七把刀？”她问。

“等找到凶手后，他们会问他。”乔翘腿坐在沙发上，戴着双焦眼镜读着放在腿上的报纸，他一手搁在沙发背上，运动衫上印着安迪的笑脸。

罗斯玛丽捧着杯子转身，皱眉缓缓走回大厅。

乔抬眼隔着镜框，看罗斯玛丽走过去。“坐一会儿吧。”他说。

罗斯玛丽停下脚，低头看看茶几上另一份报纸，摇头说：“他们自以为很聪明，根本就是变态，令人作恶的豺狼，他们应该感到羞耻，简直就是新闻同业的败类。”

“蒂芙尼也很同意。”他说。

她继续走向前厅。

突然又转身停步问：“为什么要挑蒂芙尼，说真的？是因为黄金地点，人流大，最可能有人遛猎犬会经过吗？否则为何不挑大楼另一侧更小的精品店？老实说，为何要挑上精品店？”

“亲爱的，”乔翻页说，“对这种变态，我们是没法问正常问题的。”他叹口气，戴着眼镜读报。

---

① “ROAST MULES”这个重组的字谜，无法从原文翻译。“LOUSETRASM”跟所有用这十个字母重组出来的字一样，都不是真正的英文单词，而是作者联想出来的拼法。少数几个重组的词，如“LOSTMAUSER”，是双关语，“MAUSER”是德国毛瑟枪，而“LOST”则是英文的“失去”。这些变化出来的词，对本书的情节或理解并不重要。

罗斯玛丽慢慢往拼字板边踱回去，一边蹙眉喝着咖啡。

她又在房间中央止步。

乔看着她。

她转头问他："现场除了刀子和冰锥外，还有别的东西吗？"

"嗯。"他说，"照片里有叉子汤匙，等一等……"他舔一下手指翻着报纸。

眼眶发黑的罗斯玛丽移近看着乔，她放下杯子，用手耙着头发。

乔快速读出一栏字说："记者说，受害者身上及周围还放着其他餐具。"

"其他什么餐具？有多少件？"她问。

"报上没说。"

"也许《时报》有写……"她四下张望。

"别浪费力气了，"乔说，"《时报》上只写了'女子命丧精品店'。"

"查查看那一份。"她说。

乔把报纸放到一旁，垂下脚，用手肘支着膝盖向她靠过去，运动衫上的安迪对她微微笑着。"罗斯玛丽，"他说，"朱迪已经死了，身边有多少汤匙并不代表任何意义，这些变态家伙就是迷信，坚持某些做法。亲爱的，求求你别钻牛角尖了，对你没有好处。"

"请你查一下好吗？"她说，"我不想碰那种垃圾。"

乔叹口气，拿起另一份报纸，"我觉得标题还挺好记的。"他打开报纸。

“才怪。”她等着。

“我的妈呀，”乔说，“他们甚至摆了阵形，爱德华七世型的汤匙和叉子各十一根。”

“十一根。”她定定站了一会儿，然后转身走向桌子。

乔望着她。

罗斯玛丽将OUTSLAREMS打乱，试拼了一会儿——然后望着窗外，拿起一片字板，轻轻敲着另一只手的大拇指指甲。“你知道她的中间名叫什么吗？”她问。

“朱迪的中间名吗？”乔说。

罗斯玛丽转身点点头。

“我连她有没有中间名都不清楚，”他说，“还有，能不能麻烦你告诉我，那跟任何事有关联吗？”

她说：“那边抽屉里有本电话簿，也许有中间名的简写，重点就在那里。喀拉雅达——K，H，A，R，Y，A，T。西尾大道。”

“朱迪的中间名简写很重要？”乔看着罗斯玛丽说。

罗斯玛丽点头说：“非常重要。”

乔叹口气，打开两脚间的抽屉，拿出一本厚厚的酒红色曼哈顿电话簿，“为什么我突然觉得自己像华生医生？”他问。

罗斯玛丽等着。

乔翻开K开头的部分，罗斯玛丽盯着他，一边用大拇指搓揉字牌。

“只有这一个。”他扶着眼镜说，“Kharyat，J.S.。”

她从玫瑰花顶上伸过手，手指一放，乔顺势接住字牌。他看看牌子，再看看罗斯玛丽。“你是怎么办到的？”他问。

“我会通灵，”她说，“可以看见影像。”

罗斯玛丽转身越过房间，看着摆在电视上方画架里的陶板安迪——彼此相觑。

她扭身说：“十一根汤匙。”

乔看着她，手里握着一截白色甜甜圈，嘴巴都塞满了。

“十一根叉子，七把牛排刀。”她抽口气，“一把冰锥。那究竟是什么？”

乔吞下食物说：“究竟是什么？”

“在蒂芙尼的店里。”她说。

“在别处的话，会表示别的意思吗？”他问。

“也许吧。”罗斯玛丽答道，“若在别处，有可能会是不锈钢或铝器，在蒂芙尼则是银器。”她用两手爬梳着，然后揪住头发。“三十件。”她用眼圈发黑的眸子瞪着他，“三十件银器。”

他张开嘴，饼屑纷落。

罗斯玛丽向乔走近说：“三十件银器，插在、放在尸体上——在朱迪斯·S·喀拉雅达的尸体上。”

乔对她眨眨眼，放下手里的甜甜圈。

罗斯玛丽欺身向前，“Judith S. Kharyat。”她探过玫瑰上方，迅速念道：“Judithesskharyat。”

“是 Judas Iscariot，‘叛徒犹大’吗？”乔问。

她点点头。

两人四目相视。

“我有预感，那不是朱迪的本名。”罗斯玛丽站直身，闭上眼，用手抚着额头，转身开始缓缓绕步……

乔看着她问：“你真的可以看到影像吗？”

“有时候可以。”她抚额闭眼地踱着步子。

乔看着她，反手堵住自己的嘴。

罗斯玛丽停下来面对他，吸口气说：“她需要一个听起来像印度人的名字，我觉得瓦萨学院很不像印度人会读的学校，朱迪是聪明人，上帝保佑她，她喜欢……曾经喜欢文字游戏和猜谜。”她站了一会儿，眨着眼，抿紧唇，双手紧握。“她故意接近安迪，企图挖安迪和GC的疮疤，然后将丑闻公诸于世，或指说安迪是个欺世的骗子。我们都知道安迪长得像谁，所以她便自称是叛徒犹大，她一定知道事情会闹得沸沸扬扬，人尽皆知，果真也是如此。朱迪应该原本不打算在这里待超过一个月吧，不过安迪发挥了他的魔力……”她清清喉咙，“后来她爱上安迪，无法从角色中脱身，她说安迪害她‘脱轨’，我当时早该把事情串起来的。”

“把什么事串起来？”乔望着她问。

“我敢跟你打赌，”她弯身选了一块甜甜圈，“她的真实身份是爱丽丝·罗森巴姆，这样解释就说得通了。验尸人员现在应该已经知道了。”

“你到底在说什么？”乔问，“谁是爱丽丝·罗森巴姆？我从没听过这个名字！”

“你几年前也许听过，但忘记了。”罗斯玛丽扶住自己的手肘，啃着甜甜圈，“我两个星期前看 PBS 的纪录片时听到这个名字，我有个哥哥，高中时曾跟一个叫爱丽丝·罗森巴姆的女孩约会，为此还跟我爸吵架，所以我才会注意到这个名字。PBS 里的爱丽丝·罗森巴姆是安·兰德团队的女团员，也就是站在他们劫持的火车电动门旁的那个女人。我猜火车对她来说很重要，所以才会用‘脱轨’这种说法。”

乔问：“朱迪就是那个 PA 分子？”

罗斯玛丽点点头，“我确定，一定是这样。”她又吃了些甜甜圈。“朱迪不会是真名，”她说，“而且不会有其他女人非冒用印度假名不可。”

“这话是什么意思，我不明白。”乔站起来说，“为什么她非变成印度人不可？为什么？何不戴个假发、眼镜，用爱丽丝·史密斯或琼斯之类的名字就好？”

罗斯玛丽拿指尖敲着自己的额心说：“因为她有刺青，他们的额头上都有刺青！她能怎么办，贴一个月的创口贴吗？还是用遮瑕膏？她需要用红点来遮掩美元符号的刺青。”

乔张嘴瞪着她。

罗斯玛丽吃掉甜甜圈，拍掉嘴巴手指上的糖粉，然后舔一舔。

乔抚着额前摇头说：“妈呀，我实在搞糊涂了。所以……”他垂手望着她，“无论是谁赏她那三十件银器，意在表明她的身份，指她是背叛安迪的犹大[①]？”

---

① 据福音书记录，犹太人以三十个银元的价钱收买犹大。

罗斯玛丽转开身。

“怎么会这样？”乔问，“就像你说的，她爱安迪呀。当然，你可以看出他们上星期有点小争执或什么的，但他不可能——根本连想都无法想象——他一直都跟我们在一起！”

罗斯玛丽扭身用眼眶发黑的眼睛凝视他说：“但其他人并没有。”电铃响了，是安迪在按铃。

二人继续相互对看了片刻后，罗斯玛丽吐口气离开，在接近前厅时放缓步子——安迪再度按铃——罗斯玛丽越是接近门口，脚步越慢。她停立片刻，乔从茶几后绕出来望着。

她打开门。

安迪点点头。“任务完成了。”

“噢，很好。”她说。

母子相拥，安迪说：“你还好吗？”他亲吻罗斯玛丽的太阳穴，抚摸她的头发。

“还好。”她也亲吻安迪的脸，“怎么这么快就回来了！”

安迪眼神一亮说：“等一等！”他关上身后的门。

母子勾着手走进客厅。“乔！”他说。

“安迪……”乔看着他。

“你们二位坐吧。”安迪抽开环住罗斯玛丽的手，“我接下来要告诉你们的事，一定会让你们大吃一惊。”他拉开夹克拉链。

二人互望一眼。

“我是说真的。”安迪脱掉外套来回看着两人，“看是要坐下来还是准备跌倒，你们自己选吧。”他拉整身上的运动衫——深蓝色的，没有图文。

乔问：“该不会跟刺青有关吧？”

安迪瞪着他，咽下口水。“是谁打电话来过吗？”他问，“我必须知道是谁走漏了消息。”

“是你妈自己想出来的。”乔朝罗斯玛丽点点头。

安迪转头望着她。“你知道朱迪是爱丽丝·罗森巴姆？”

罗斯玛丽点点头。

“你怎么会知道？”

罗斯玛丽看着安迪说：“从三十件银器和她的名字推出来的。”

“名字？”安迪问。

罗斯玛丽表示：“朱迪·S·喀拉雅达……”

“念快一点。”乔说。

安迪喃喃念诵，然后瞪着母亲，再看看乔，接着拍拍自己的头侧，“他们竟然连那点都想到了！”他说，“取一个能点出诉求的名字！我从没把这件事拼凑起来！她跟我说，她的中间名是一个长长的印度……”他抡着手，看着罗斯玛丽，然后停下手问：“你明白是谁干的了吧？你看出是谁在幕后主使了吗？”

罗斯玛丽看着他说：“不知道……”

他转身看着乔。

乔摇头望着安迪。

“是其他安·兰德团队的人干的！”他说，“是那五个男的！或其中一些人。我们赶到时，委任专员刚查出她的身份，我立即明白是怎么回事，也知道其中的含义了：他们派她到此监视我们，在朱迪改变立场后，便对她施以报复，同时故布疑阵，让她看似因背叛我而遭杀害，藉此破坏烛光仪式！因为我与耶稣神似，他们便摆了三十件银器—而她的名字更强化了这点！所以他们才会用如此耸动的手法杀害她。说真的，除了意图吸引举世关注的人会采取这种手法之外——我是指在蒂芙尼行凶、裸尸、溅血、银器——还有谁会这么干？这一定是设好的局。”

乔抽口冷气说：“天啊，孩子，老实说，你母亲和我刚才真的紧张了一下，至少我有，罗斯玛丽我就不敢说了。听你这么讲，真叫人松口气，谢天谢地！”他摇手拍着自己的胸膛。

罗斯玛丽说：“听起来十分合理……”

安迪竖起一根手指，“不过在我开口之前，市长自己已将整件事拼凑出来了！包括那三十件银器！”安迪敲敲自己的太阳穴，点头说：“市长一说出前因后果，所有人立即一致同意，将她的双重身份隐匿到烛光仪式和年假过后，等一月三日再公布。联邦调查局在蒙大拿一个叫什么堡的地方，展开全面监视，他们的计算机已发现其中一名团员跟十八楼的一名律师有联络。”

“真令人松口大气。”乔说，一边挑选甜甜圈。

安迪转头搭住罗斯玛丽双肩，叹口气，看着她说：“至少我们知道是谁干的了，希望那样能有一点帮助。”

罗斯玛丽对安迪点头说：“有的，亲爱的。”

“唉，可怜的宝贝……”安迪亲吻罗斯玛丽的鼻子，抱住她，“你看起来老到可以当我妈了。”罗斯玛丽捶了他一下，安迪咯咯笑着。

乔边吃边看着他们笑。

罗斯玛丽抬眼对安迪说："真的很有帮助，小天使，我若有更多时间细想，自己大概也能厘清是安·兰德团队主使的。你进屋前几分钟，我才发现她的真实身份，幸好联邦调查局火速着手调查，相信一定能抓到他们。"罗斯玛丽对安迪露出坦然真诚而开朗的笑容。

反犹大……

朱迪曾是安迪的十二门徒，十二位核心成员之一。

现在剩十一名了。

罗斯玛丽将 MULTAROSES 打散，移换字牌，拼出 ASTROLUMES。

她小憩后冲过澡，换上轻质睡衣裤，收音机里传出轻柔的爵士乐，细雪自窗外缓缓飘落。

ULTRAMESSO，听起来像青少年的房间，但此词不常见，她曾说是五六岁的孩子会用的词。

朱迪／爱丽丝所说的 Roast Mules，该不会也是撒谎的吧——是故意想整她？难道真的没有用那十个字母拼成的词吗？就像朱迪的纱丽和额红，也是骗人的幌子？

不对……即使是 PA 的人，也不会无聊到撒这种谎……

何况她们还是朋友，那点绝非作假。

MORTUALESS……

哈奇打算向她揭发罗曼的身份时，被罗曼和巫师团施了咒，最后死于非命。

朱迪被害，是因为想告诉她……什么？安迪有巫师团吗？爱丽丝·罗森巴姆是否发现了巫术和撒但崇拜，而非作假及逃税的问题——她是否查出安迪害她“脱轨”的事？反犹大的爱丽丝·罗森巴姆在告诉她真相后，今天原本打算跟谁爆料？《纽约时报》？八卦小报？他们会迫不及待地发布消息，因为来源是她。或者她想找出版商，谈明年四五月出书的事？否则为何会被人用那种方式杀害？凶手一定是嗑了药，就像最近许多持刀杀人的凶手一样——但拜安迪之赐，现在已少了很多。

反犹大的朱迪是否已将坏消息传出去了？

不对，她若知道安迪的父亲是谁，绝不会对安迪的母亲坦白，连口风都不会走漏——反而会设法旁敲侧击出更多信息。印度文化—哈！——会是她很好的借口。

所以那可能表示，其他十一位核心团员并不知情。因为巫师团的成员会彼此分享秘讯，罗曼每次想拉她入团，都会拿这点劝诱她。

STEALORMUS……

上次圣诞夜——她的上一次，六个月前——她首次让安迪独自去米妮和罗曼家留宿，那天他刚好五岁半。罗曼说，安迪满六岁的前半年，得举行一些仪式，给些指示。教团跟她各有各的权利要尊重，安迪的父亲也有他的权利与仪式得执行。

罗斯玛丽需要巫师团的支持。当你带着一名有漂亮虎眼、长着丑陋额角，其他身体部位甚至更丑的学步儿时—但那些问题，安迪现在应该全都控制住了（她不敢多问），就像以半魔半人的意志力，控制他淡褐色的眼睛一样——你没办法把他丢到幼儿园，自己去工作。当你真的需要保姆帮忙照顾孩子几个小时时，也无法打电话给保姆中介，或找公寓里的青少年帮忙。

巫师团支付各种账单，女团员各个像溺爱孙子的奶奶，罗斯玛丽只有在绝对必要时，才仰赖她们，并订下严格的规矩，且在事后偷偷检视。巫师团里所有人，无论男女——除了劳拉·路易丝那个烂女人外——都像今天所有人一样，对她热心帮忙，且十分尊重。

罗曼答应过她——还发过神圣的誓言——安迪不会受到任何伤害，或被迫做任何他抗拒的事，他们仅会以让安迪毕生受益的方式，强化他的心志与体魄，就跟任何其他美好的宗教仪式一样，使他获得启发与提升。虽然罗斯玛丽无法以观众身份出席，但他们很欢迎她以参与者的身份加入。教团需要新血，罗曼双眼发亮地说，他们有两席空缺，罗斯玛丽若是加入，便能监督安迪了。

谢谢，不用了。

那个圣诞夜，她有一半时间坐在架子拆光的衣橱脚凳上。衣橱的壁板开着，与隔壁的衣橱互通，不像平时将另一侧闩上。她在一九六五年十月的夜里，便是被抬过这条通道。罗斯玛丽坐在那儿，耳朵贴住嵌在白色夹板底下的玻璃上，偶尔听见隐约回响的笛音、吟唱和击鼓声。单宁根酸浓的气味钻过缝隙，但并不讨人厌……倒是一股硫磺味令她作恶。是不是他上来了或从外层空间现身了？

她为安迪而哭，她应该带他逃跑。她会的，而且要趁他生日之前——逃得远远地，到旧金山或西雅图。她会设法筹到机票费，找到愿意帮她的旅行社或儿童医院，或教会经营的医院。

硫磺味消散后，又只剩下单宁根了，那气味在衣橱中急速变浓，罗斯玛丽感觉舒服多了。她忆起怀孕期间，米妮帮她做的单宁根饮料，那是滋养安迪的饮品。米妮和罗曼很疼爱安迪，他们会好好照顾他的。

后来她为自己倒了杯蛋酒，外加一些波本威士忌，然后看《风云人物》——这已经快变成圣诞节的传统节目了。很温馨的电影，她已经看了第二遍。

第二天早上安迪从衣橱另一头回来时，一副没事的开心模样，安迪欢喜地对她又抱又亲，然后跑进客厅。玩得开心吗？安迪点点头，抬眼望着圣诞树。“你都做了些什么？”罗斯玛丽跪到他身边，笑望着在他眼睛脸颊上闪动的灯光。

“我答应不说的。”安迪表示，“我应该说吗？”

她抽回搭在孩子法兰绒衬衫上的手说：“如果你真的不想说，没关系，不过若改变心意，想告诉我也可以，小孩子可以这样的。如果你不想说，就别说，我答应你，你可以走了。”

安迪选择不说。

那是她上一次过圣诞，之后安迪又过了二十七次，或者说，这将会是第二十七次。他在成长期间及青少年时的圣诞节，一定跟那回一样，弥漫着单宁根的气味，飘着笛音与吟唱。充满黑色的圣诞节……

TREMULOSSA……

安迪在直视她的眼睛，表明再也不会对她说谎后，告诉她说，他已经摆脱撒但崇拜了。假若安迪真的撒谎……周五晚上便能知晓了。

安迪在飞机上说，他和朱迪圣诞夜里有活动，所以会在圣诞节早晨，跟她和乔交换礼物。还有，朱迪在她们第一次玩拼字棋时，曾稍稍提过九楼有些事在进行……

那地方挺不错的——圆形剧场、化妆间、交谊厅、会议厅全都铺上了地毯，上下楼层空办公间的地板，提供了绝佳的隔音效果——挺适合举行黑弥撒，且绝对胜过米妮和罗曼家的客厅。

那地方只要五个人就能收拾干净了吧？清洁队的人是不是有九个人？会不会太多？

SOULMASTER……

雪弹在窗上，此刻下得更快了，一道道白雪从渐黑的天际被风刮落。天气预报员说得没错，午夜前积雪四英寸，早晨前再多下二到四英寸。风速飙到每小时四十英里了。

广播电台那边大概也下起雪了；平·克劳斯贝开始唱起《白色圣诞》。

就像他以前所熟知的白色圣诞。

第三部

第十四章

一九九九年的大风雪持续了两天半，二至五英尺厚的降雪，一路从东海岸的哈特拉斯角积聚到科德角，远至山巅尖顶，是本世纪最大的一场暴风雪，也是最令人头痛的一场。

纽约市运气不错，只下了二十三点八英寸的雪，大家已经对上帝感恩戴德了——据说波士顿会永远不见天日——这一切都得怪“自然之母”（应该是穿了女装的上帝吧？），通勤的火车被埋、超市的屋顶塌陷、剧院商店空无一人、旅客被困，大家都想回家，只有玩雪橇的孩子和越野滑雪好手乐在其中。

最后几片落雪飘尽后，太阳在星期五的清晨露脸了，仿佛呼应了报纸的呼吁。曼哈顿中城有如崎岖的冻土，人们在冻土上拖步重踏，踢踹打滑，有人扔雪球，跟狗玩，用塑料板拉着孩子。商店经理则站在门口微笑旁观。

蒂芙尼店里挤爆了忙着刷卡的顾客，不光第五大道的店家及附近的精品店人马杂沓，白原市及肖特山区的分店也不遑多让——再次证明了，只要品牌够硬，就不在乎有负面宣传。

“嗨，我们去看圣诞树。”

他们俩从周二早上起，便没见面或说话了。当时罗斯玛丽已精疲力尽，藉此将安迪和乔打发走，她在他们脸上各亲一下，把剩下的甜甜圈和两份报纸塞给乔，说声道谢。安迪说要去静修，但圣诞节早晨会赶回来吃早午餐。

她很高兴安迪能离开——安迪宣布时心情颇为沉重——不知是因为悲痛、罪恶，或二者兼具，才想去僻静，也不知道是否有人陪他去。罗斯玛丽想象安迪或一群人，待在沙漠中一栋供公子哥儿寻欢作乐的牛角土屋里。这又是另一项她不想多说的议题；反正僻静就是僻静。

“你在家吗？”

“在。”罗斯玛丽将电话拿到卧室窗边，“你在哪？”

“在四十五层，我刚到。”

“怎么来的？”罗斯玛丽望着底下铺盖公园的雪毯。

“飞机、直升机和地铁。想运动一下吗？雪大都堆到马路中间，被扫雪机清得差不多了。圣诞气氛超浓的。”

她叹口气说：“记得最后一次过节，我们有棵自己的圣诞树，你当时五岁半，我们还一起修剪，记得吗？”

“完全忘了，所以我还没有过节的心情。你有靴子吗？精品店一定都卖光了。”

“我有。”她说。

每个人都穿了棕、黑、红、黄各色靴子，还戴着手套、连指手套、围巾、帽子、耳罩，酡红着脸（平时应该是粉红色的），配着“我♥安迪”和“我♥罗斯玛丽”的徽章，用灿烂的笑容、发亮的遮阳镜或眼神，对你报以微笑。

“大风雪后的纽约市是最棒的，”罗斯玛丽吐着白气说，她跟安迪勾着手，夹在几十个人中，沿着中央公园南路，开心地重重踩在零车辆的马路中央。“会激发出人们最美好的一面。”

“看来好像是。”安迪回道，两人在第七大道驻足，看一些男女和儿童帮忙环卫工人，挖出一台翻倒的撒盐机。大道更远处，另一群人也做着类似的事，挖掘另一架大型的橘色机具。

他们随着其他人走在中央公园南路，偶尔彼此相扶，因为二十三点八英寸的积雪尚未压硬。

罗斯玛丽打扮得有若葛丽泰·嘉宝：大的新遮阳镜、头包围巾、宽边帽、《俄宫艳使》里的外套——也许是俄国上校穿的。这件外套罗斯玛丽差一点就送给行李夫了。

安迪的街头乔装从未失手：遮阳镜和一大枚“我♥安迪”徽章——立即把自己变成纽约市和全世界众多想模仿安迪的粉丝。

而且是模仿得“比较像”的一位。一位戴遮阳镜的警察朝他们走来，用戴着手套的手，对他竖起大拇指。“喂，安迪！”他咧嘴一笑，“太棒了！叫你第一名！”

两人朝警察微笑，安迪对擦肩而过的警察说：“谢谢，爱你哦。”

“连声音也很像！”警察大声喊道，还倒退指说，“再讲句别的来听听！”

“去你的！”

警察哈哈大笑地挥挥手。

罗斯玛丽用手肘顶他，“安迪。”

“这是乔装的一部分！”他说，“安迪会说那种粗话吗？绝对不会！”

“噢……”

“说‘吃屎啦’，会有帮助哦。”

两人哈哈大笑——“吃屎啦！”——然后循着一道被踏平的雪径，右拐到第六大道。放眼所及，路上杳无车迹，尽皆是人——白色的冻土上缀着人群，旁边是汽车形状的冰屋。

“他们是何时换掉‘美洲大道’的？”罗斯玛丽抬眼望着路标问。

“几个月前才正式改名。”安迪说。

罗斯玛丽笑了笑：“哈奇以前总说，总有一天他们会用数字命名大衔的。”

这名字令人心情一黯。

她跟安迪谈过哈奇，说他是她的朋友，被罗曼的教团害死了。

两人戴着手套和遮阳镜，笑嘻嘻地携手踩在第六大道的雪地上，一边东张西望。

母子在大道中央停下来，看几个人在一辆车窗半露、歪斜的礼车上铲雪。

安迪和罗斯玛丽也跟着帮忙，等找到一扇未锁的车门打开后，发现车里并没有人。

他们挥挥手，继续前行，一边拍掉身上的雪。

两人来到西五十一街的雪地上，经过无线电音乐城后方，装着红色霓虹灯的入口。罗斯玛丽说："你下一场现场直播是什么时候？我等不及要看了。"

安迪吸口气，从鼻孔吐着白气说："我想我不会再做现场直播了，应该有一阵子不会。"

"为什么不做？"她问，"直播的效果很好，你的消息，就是疗养院的女人告诉我的，她看到你在这里，她谈起你的样子，就像是历经一场宗教体验。"

安迪别过脸："我不知道，只是觉得在烛光仪式后，应该休息一下——重估下一步要做些什么。"

罗斯玛丽说："我一直在准备做一个脱口秀，我不想只是到节目上说：'我来了，我是安迪的母亲，让我上节目吧。'我帮节目取了个很棒的名称，叫'新视野'，是个评论今昔差异的节目，这名字很棒吧？"

"是的，很棒。"他说。

罗斯玛丽表示：“我想探讨大的议题，例如不该使用恐怖分子的语言，还有如直排轮等小议题——找些与议题相关的人士做讨论。”

“别忘了我们会离开一段时间。”安迪说。

她吐了一大口白气，“不行，”她说，“我不认为那是好主意，现在不行。”

安迪吸口气，抿紧嘴唇。

两人戴着遮阳镜，继续携手前行。

他们右转来到洛克菲勒广场，两人一愣，往后退开。“哇！”安迪抬起空下的一只手说。罗斯玛丽吹了声口哨，人们从前后方走来，绕过他们身边。

他们朝彩灯缤纷、高耸入云的巨锥挨近。罗斯玛丽说：“我可以马上告诉你一个‘新视野’会有的观点：太夸张了！以前你可以看得出那是棵挂满东西的树；但这只是一坨挂满彩灯和小玩意儿的巨型锥体，里面很可能是塑料。”

“老实说，他们已经比去年收敛了，”安迪说，“因为大家开始抱怨。”

他们靠过去，踏上几乎清理干净的柏油路面，跟人群挤在四周墙壁和扫开的白雪之间。

等他们找到一个可以站着欣赏圣诞树和在树前溜冰场溜冰的人后，罗斯玛丽说了：“不过呢，话说回来，如果你喜欢浮华绚丽的……”

安迪点点头，抬头望着大树。

罗斯玛丽看着他，灯光在他的遮阳镜、蓄胡的脸上映着闪光。

“跟安迪说哈啰。”他们前面有名男子说，男人拉着一个戴手套的七岁男孩，男孩咬着另一只手套，抬头盯着安迪。男人朝他们挤挤眼。

罗斯玛丽说：“别乱闹……”

安迪蹲下来对男孩笑了笑，摘掉眼镜说：“嗨。”

男孩用手套抵住下巴：“你真的是安迪吗？”

“老实跟你说，”安迪答道，“现在连我也不确定了。你是谁？”

“詹姆斯。”男孩说。

“嗨，詹姆斯。”安迪伸出戴着手套的手说。

詹姆斯也戴着手套跟他握手，“嗨……”安迪表示，“下这么多雪很好玩吧？”

“是啊。”詹姆斯点点头，“我们打算堆雪人。”

安迪搭住男孩的肩膀笑说：“好好去玩吧。”

他起身对男人说：“好乖的孩子。”然后戴回眼镜。

“你啊，”男人指指他的胸口说，“比那个迷你影集里的安迪好十倍，而且你的声音跟他也很像。”

“苦练多年的成果。”安迪说，罗斯玛丽扯着他的衣袖。

“圣诞快乐。”男人说，同时对罗斯玛丽点点头，一边带詹姆斯往圣诞树走。

“圣诞快乐！”罗斯玛丽说。

安迪挥挥手，詹姆斯也回应地挥着。

他们慢慢走到第七大道，冰雪已被除雪机刨净了，两人来到舞台熟食店——里面只坐了半满。

“你兄弟在角落里呢。”服务员拿着纸本铅笔站在桌边说。安迪瞄了一眼，另一名安迪朝他挥手，他也挥手回应，罗斯玛丽跟着挥手，假安迪的同桌朋友玛丽莲·梦露也挥了挥手。“想吃什么？”侍者问。

熏牛肉三明治跟啤酒。

安迪戴着遮阳镜，面对窗户嚼着食物。

罗斯玛丽摘掉眼镜看着他问：“你想谈一谈吗，安迪？”

他沉默片刻，叹口气，耸耸肩说：“我只是觉得很讽刺罢了。”他回头望着盘里的半块三明治，拿起来说：“我好不容易找到一位聪明、性感、喜欢在漆黑中做爱的女人，没想到却是为了省去做全身日光浴的麻烦。她跟我说，印度妇女从不让男人看任何部位。也许真的是那样。”

“我怀疑。”罗斯玛丽说，“我觉得她们应该非常开放。”

“在黑暗中做爱，确实更能撩人遐思。”他说。

罗斯玛丽戴回眼镜看了看说：“我没办法全部吃完，得打包才行。”

中央公园南路已刨过雪，正在清扫第二回；少数车辆和出租车在一呎深的污雪中牛步前行。罗斯玛丽跟在安迪身后，沿着一排发亮的堆雪走着。

“你今晚要做什么？”

罗斯玛丽说：“圣帕特里克教堂八点半有一场弥撒，乔帮我们弄到了位子。”她走到安迪旁边，“你呢？”她问。

“我会早点上床睡觉，这趟旅程弄得我很累，但很值得。”

一位邮差扶他跨过堆出来的雪阶，两人再合力帮罗斯玛丽，母子向邮差道谢。“很好。”他说。

“谢谢，爱你哦。”

“太棒了！”

他们来到塔楼正门，对朝他们挤眼的门卫点点头。她跟安迪一前一后穿过旋转门，来到豪华旅馆拥挤的大厅，厅中的大理石上覆着绿枝金叶，顶上的中古世纪弦乐吊饰奏出传统英格兰民谣《绿袖子》的曲调。他们在提着行李的脚夫间穿梭，经过一张阿拉伯酋长及随侍休憩的桌子，穿过一群嘈嘈嚷嚷、穿着制服的法国女学生。还有一名服务员绊倒了，将一钵柳橙倒在通往电梯的路上。“我得到药店拿点东西。”罗斯玛丽说，“你确定你不吃吗？”她拿起打包袋问。

“很确定。”安迪说着将一粒柳橙踢到一旁，“明天十一点左右可以吗？”

“可以。”她说。

“我会打电话给你。”

两人亲脸时，遮阳镜撞在一起。“圣诞快乐”，二人微笑地相互祝贺。

安迪朝电梯后方角落走去。

罗斯玛丽回到药店，法国女学生吱吱喳喳地散布在杂志架、香水及珠宝柜前。

她买了牙膏和一把手电筒，把帐挂在客房下，然后走到店后，跟笑容可掬的药剂师谈话，药剂师从柜台后退开。

罗斯玛丽戴着眼镜扫视店内，然后摘下眼镜，对满面笑容的店员笑了笑。店员用手指钻着耳朵，皱眉看着匆匆行经门口的一群女学生。

药剂师回来，将手伸过柜台。“要去子夜弥撒是吗？”

“你猜到啦，艾尔。谢谢你。圣诞快乐。”

“吃半颗会让你清醒三至四小时，圣诞快乐，罗斯玛丽。”

“嗨，罗斯玛丽，我是乔，回家后打电话给我好吗？我有麻烦了。”

罗斯玛丽打电话给他后，乔说，问题涉及他二十三岁的女儿玛丽·伊丽莎白，这位刚出柜的女同志搬去跟四十多岁的情人同居了。“罗妮一时兴起，邀她们过去吃饭，罗妮很重视圣诞节，她们会去。火车已经快到了，我怕自己若是不去，女儿会以为我不想……”

“噢，你去呀，乔！”她说，“放心去吧，别担心！我很高兴你们全家能够团聚。”

“我很想见见那个女的。我是说，既然她跟女儿住在一起，至少我想多认识认识她……”

“乔，我老实跟你讲。”罗斯玛丽说，“我也想一个人独处。真的，我已许久不曾上教堂了，即使在昏迷前也是，所以最好能一个人去，这样更为私密。别担心，去吧，你应该去的，我希望你去。”

“谢谢你，罗斯玛丽，你从五十一街靠近麦迪逊的入口进去，那边会有人拿着名单，只要报上我的名字就行了。明天几点钟？”

“十一点左右。”她说。

“到时候见，再次谢谢你。”

其实她更感激，因为他们全家可以团聚，而她真的很想独处，整理一下自己的思绪。

她是在周二晚上决定圣诞夜后半段要去何处时，才想到要去望弥撒。虽然今年一九九九的圣诞节已加开了好几场弥撒，但大教堂依旧人满为患，而且她不喜欢在教堂里戴遮阳镜，所以才麻烦乔安排特别座。她邀乔同行因为她不得不这么做，她知道乔接受得也很勉强。乔并不比她虔诚，因为两人都离过婚。

而且她还得在弥撒后摆脱他，乔一定又会很失望。

可怜的乔，可怜的他们俩。他已斩断前缘，且跟她一样，不觉得有拖延的理由了，然而每回两人打算共度良宵或周末时，便会横生枝节。首先是都柏林停电，接着贝尔法斯特外的客栈失火，后来是他脊椎神经痛，接着又是大风雪来袭。

仿若天地间有股冥冥的邪恶力量，执意要在除夕夜前，阻拦他们在一起。

她打电话给哥哥姐姐们，送出最后一批给员工的圣诞礼物。

至于要送给 GC 核心干部的礼物，得等到明天了，或者永远不送，到时候再视情况而定。他们有可能是安迪的巫师团，然而在未经证明前，不能胡乱栽赃。

给朱迪的围巾还包在爱马仕的包装里，罗斯玛丽不确定该怎么处理，也许会拿来自用吧。只是当初选的是印度风设计呢，哈！

罗斯玛丽坐在窗边啃另一半熏牛肉三明治，思忖着该如何措辞，整顿心绪，以免浪费祂的时间……毕竟上帝今晚比较忙。

黄泉下的哈奇必然死不瞑目。

朱迪 / 爱丽丝一定也心有未甘，不过她或许会以“恢复正轨”来自圆其说。

当你千辛万苦，取得证明撒但存在的实证—你会重拾对上帝的信仰。当然了，祂也许不再相信你，甚至不高兴你进入祂的殿堂，或参加祂的圣团，所以你只好尊重地保持距离……

直到非把事情弄个水落石出不可。

她全副嘉宝打扮，在七点钟离开塔楼，门卫表示附近有出租车，但时间充裕，夜空净朗，既然她是来自内布拉斯加的乡下女孩，便决定步行。

她跟安迪散步时走的是同一条路线——罗斯玛丽走在铲过雪的人行道上，旁边是一叠叠积如山高、银光闪亮的雪堆。

戴着假胡子的圣诞老人拿着桶子摇响铃铛——这跟香奈儿五号香水，以及舞台熟食店的熏牛肉三明治，都会列入《新视野》的“不变的美好事物”清单上，这是第四或第五集节目的点子，或者会变成每周固定的单元。

罗斯玛丽穿过入口，来到洛克菲勒广场，瞄着巨锥上璀璨的灯光——还不难看——然后走到第五大道。路上的雪堆已经清除，疏落的车流在此转向。圣帕特里克大教堂踞立于大道另一侧，哥德式的教堂十分宏伟，所有精雕的三拱门和双尖顶上，全铺满白雪，在泛光灯的照明下灿烂生辉。

这是一九九九年，纽约市的另一大优点——对地标建筑物施以夜间照明。

罗斯玛丽早到了一个多小时，警方的蓝色护栏后，队伍长龙绕至第五十街上，但长度尚不足以填满教堂内的座位。大概是因为交通状况太差，导致许多住在长岛、韦斯特切斯特及所有郊区的人不便前来。

她从一开始，便不想坐为虔心祷告人士所保留的席位，当她穿越大道，仔细看清队伍中的人们后——一群穿钉扣皮衣的摩托车骑士、一名紫发女孩——当下便决定跟着队伍一起进教堂；她的嘉宝装绝不会引人侧目，祂当然更不会有意见了。

罗斯玛丽前面的一对老夫妇对她笑了笑，然后面向前方——他们专程从韦斯特切斯特赶来。

罗斯玛丽穿过入口，进入前厅时，风雪并未再度肆虐；她跪下来画十字时，天上也没打雷。罗斯玛丽在右后方长凳找到许多空位，便溜过去坐下来。

罗斯玛丽深吸口气，松开外套腰带和扣子，深靠在咿呀作响的长椅上，享受流泻而下的风琴乐声，赞叹华丽宏伟的教堂拱顶——一排排高耸入云的石柱和拱顶，每根柱子都挂着红丝带花圈，每扇外侧拱门镶着彩色玻璃，被外头的灯光照得灿若珠宝。侧边祭坛的凹室中，一排排橘色烛焰摇曳不定。金白相间的高坛和远在前方的圣殿，空无一人地静静在聚光灯下候着，两侧是锦簇的圣诞红。

一位妇人清了清喉咙，等在长凳边。她身材矮胖，发色雪白，穿戴粉红帽子衣服，肩上别着“我♥安迪”和“我♥罗斯玛丽”的徽章。罗斯玛丽对她一笑，往右手边的男子挪过去。妇人迟疑一下，笑了笑，挤到长凳上，椅子吱咿一响。“这边的椅子全都会响。”女人低声说。

“我知道。”罗斯玛丽也悄声回应。

“圣诞快乐。”女人低声表示道。

“圣诞快乐。”罗斯玛丽悄悄答说。

她们望着前方。

女人挪动身子，将外套折放在膝上，再挪着身，一时不知道该拿手提包怎么办。可怜的女人来参加弥撒，结果却坐在一个戴太空护目镜的怪人旁边，她尴尬或客气到不好意思站起来另寻位置，如果还有座位的话。

罗斯玛丽靠过去敲敲自己的镜架，耳语说：“我眼睛开刀。”

“噢！”女人低声点头，“原来如此，原来如此，我才在想说是怎么回事呢。我是圣克莱尔医院的护士。”

罗斯玛丽压低声说：“视网膜脱落。”

“啊，”护士小声点着头，拍拍罗斯玛丽的手。

两人相视而笑，然后面向前头。

在教堂里对爱尔兰护士撒谎，这可不算好的开始。

罗斯玛丽挺直背脊。

努力让脑筋清醒。

管风琴乐音一滑，此时几乎每个人都跪下来祷告了。罗斯玛丽右侧的老者及佝着宽背的护士，都在喃喃祈祷，众音扬升，甚是壮观！

罗斯玛丽慢慢跪到加了衬垫的红皮跪垫上，将穿着靴子的脚塞到椅下，交握着手，靠在前面橡木长椅的缘边上，低垂下头。

她偷偷摘下遮阳镜放入口袋，再次交握手紧闭眼睛，抒了口气。她都已忘记这样的姿势多么能疗慰人心了，她再次吐纳……

天父，请原谅我的罪，祢应该知道，我是为了安迪，为了最近发生的事而来。谢谢祢放我进来，我知道自己很放肆，我猜是因为大家不断地谈论我奇迹式苏醒、奇迹式康复的缘故。过去几天，我开始觉得，也许斯坦利·尚德的死与祢有关，为了让我醒过来，为祢做想完成的事。问题是，我不确定是什么，我很担心会因此伤害到安迪，也许还是严重地伤害。

她倾靠的长椅咿呀颤动，罗斯玛丽垂首等待椅上的人重新坐好。

我会试着一步一步来，万一被我料中，今晚安迪在举行黑弥撒，那么请协助我踏出正确的下一步。若能赐予一些信息，我将感激不尽，事实上，我真的非常需要祢给我信息。我仅求祢莫要忘记，安迪是半个人类的儿子——我希望有一多半——万一他未能有个好下场，祈求祢至少展现一半的慈悲，那样……

仿如有个钢轮划过大教堂，一声叫直冲拱顶天花板，巨响弹入十字型的翼部内，再折回教堂中心。另一声尖叫紧接着响起，接续着钢轮的尖声，弹跳回荡，久久不散。十字形的教堂内——教堂中央、半圆形的后殿、十字型翼部——每排长凳上的人都抬眼上望，大伙咬紧唇、亲吻念珠、双手忙着画十字。

罗斯玛丽旁边的护士把外套和袋子塞到两人中间，抓住前方椅子站起来挤出去，匆匆冲下走道。前方几道长椅上的一名男子起身侧行说："我是医生，借过。"

细小的尖叫慢慢销匿，沉默逐渐漫开，充盈在大教堂的墙壁与窗口间。

护士和其他人围聚的前方传来啜泣声，一名神父匆匆由祭坛后步出。

管风琴奏出音乐，大家静静呼吸，祷告，窃窃低语。

罗斯玛丽挺直身子僵坐，手在圣号终结的胸口前握成拳头。

这信息够明确了吧，新视野？

她重重吞咽，吸着气。

罗斯玛丽收拾身边的外套，将护士的衣物推到角落里，然后离开长椅往前厅走去。她匆匆离开，一边系上外套腰带，戴上遮阳镜，拉低帽缘。

"那是罗斯玛丽！我发誓一定是她！"

"才怪呢，穿成那样？而且一个人在这当口离开？是哟，是罗斯玛丽才怪。"

第十五章

罗斯玛丽垂着头，双手插放口袋，沿打扫干净的中央公园南路人行道踽踽而行，她告诉自己，一切纯属巧合，即便是在圣帕特里克教堂，在圣诞之夜，还是会发生巧合之事。硬要把某位发病的可怜人，视作上帝给她的信息，实在太愚蠢了。

不仅愚蠢，而且还自大——自以为是上帝在世间的代理人。她凭什么认为上帝会在圣诞夜的千百万祈祷者中，独独钟情于她？祂没有理由立即关注她，对她做出回应。

罗斯玛丽行经数间旅馆与公寓，人们来来去去，带着圣诞礼物和过节的笑容。她从宽大的门厅入口暖气中，踏入第六大道刺骨的侧风里。

渐行渐近的塔楼，如在白昼般中发着光，城里的夜辉，被公园和街道上的雪映得益发明亮。她原本希望能看到GC的楼层点了灯，以便探知一点端倪。罗斯玛丽在自己的卧房窗口留了记号——她在窗帘之间别了一条蓝色方巾——以标示出上面的楼层，然而从闪着金光的大楼正面，她连蓝窗都看不到了。

罗斯玛丽从哥伦比亚圆环穿越中央公园南路，踏到踩平的雪径上，压低遮阳镜，一路往上看。雄踞上方的塔楼一片漆黑，在满天光亮与灰尘中，看不出大楼表面哪扇窗子点了灯或熄了灯——也看不出是蓝是紫。

她继续绕过圆环，走向大楼正门口对面的雪堤切口。

罗斯玛丽换上黑色休闲裤、绿上衣、黑毛衣、黑平底鞋。她费力地将细瘦的黑色手电筒，从塑料壳套里拿出来，放入电池，盖上盖子，检视头部的开关。光线很强，设计精巧，很不错的新玩意儿。

她把手电筒放到左边口袋，卡片放入右边口袋。

她不需要任何其他东西了，她只上去一两分钟；他们或者在那里，准备干些亵渎神明的勾当，或者楼层里将漆黑一片。她并不打算逗留监看。

她跟艾尔拿了提神药——她仅要一颗，他却给了她两颗——以防走太多路累倒。其实她并不累，精神还好到不行——或许是肾上腺素发挥功效了。

也或许是因为现在才九点十五，他们有些人可能会嫌早吧，如果没有其他原因的话。

罗斯玛丽泡了杯速溶咖啡，打开电视——一位新闻主播正压着耳朵聆听，“我们得到消息，”主播对她说，“有五十七人确认死亡。”他叹气摇头道，“将为您持续报道最新……”

另一个汉堡，但规模较小，这回是魁北克。

在圣诞夜……

她难过地坐着摇头。

半数的频道都在播报这项消息。

一位播报员说：“没有人出面揽责。”

“混蛋。”她说。

她跳过《风云人物》里的主角吉米·史都华跟唐娜·里德在舞池跳舞的画面——很温馨的电影，但看两次也够了——然后看了一些 GC 的《节庆特辑》。当安迪开始说话时，罗斯玛丽便转台，她今晚不想看他的节目。罗斯玛丽转回新闻台，死亡人数增至六十二人，她关掉电视。

罗斯玛丽看着窗外公园里的覆雪——圆呼呼的形体被灯光照得通红，边缘则是人行道——不知乔在纽约皇后区的小诺克，罗妮家的餐桌上，跟玛丽·伊丽莎白和她的医生爱人处得如何。他会因火车时开时停，而在那边留宿吗？乔没细谈他的婚姻及分手的事，但罗斯玛丽猜测问题应该不在于肉体关系。乔会在前时装模特罗妮的房里过夜吗？这念头出乎意料地令她心头一痛。底下传来紧急刹车的凄厉声，她仿佛听见圣帕特里克教堂里回绕不去的尖叫，不禁浑身一颤，锁臂环住自己。

她把 AMOURLESTS 改拼成 LOSTMAUSER，这字好像似曾相识。

十一点十五分，罗斯玛丽重新补妆，整理头发——她请发型师把他突发奇想的作品重新修正，安迪说得对——然后吞了半颗药，以防万一。

罗斯玛丽将大厅门扉打开一条缝，窥看外头的管理柜台；当班的是个女生，但看不出是谁。女人正在跟一对穿着外套的夫妇说话。罗斯玛丽拉上门等候，看加框走廊地图上的红色紧急出口，找到靠近自己那边的所在——就在前方十英尺处。

她再次打开门缝——看到几个人从对面远处一扇门走出来——将门关上，又再度打开，等到两名男子和一位女士走近柜台，挡住她的形迹后——才走出门外。罗斯玛丽关上门，将“请勿打扰”的牌子挂到门上，穿过走廊，推开“紧急出口”的玻璃门，来到楼梯间的平台，把门推上。

楼梯间有漆白的煤渣砖和荧光灯，罗斯玛丽扶着黑色金属栏杆，爬了半层楼，来到八楼的楼梯平台。

她用脸贴住门上的玻璃。

随即打开门，走入一道灯光昏柔的走廊，这里有青绿的地板和天空蓝的墙壁——就像十楼的走廊一样，但宽度仅其一半，且四面皆墙，仅在电梯及厕所对面有一对大门。

她走到胡桃木制的双扇门前，门上用巨大的黄铜 GC 标志封着，从磨亮的标志表面，看见自己素黑歪斜的反影。

她伏身以手抵住地板，用一只眼睛从黄铜牌下的缝隙窥探。

随后站起来吸口气，掏出口袋里的手电筒和卡片，拿卡片刷过门框上的狭槽，这卡片若能开启安迪的私人电梯，应该也能打开安迪的前门。

罗斯玛丽还没碰到黄铜标志，标志已应声裂开，双门朝黑暗里打开了。

在手电筒和走廊灯光的照映下，看到一间宽敞的接待室，有高级的家具和杂志，房间四周都是门。

她走入房中转身面对电梯，抚着额头，试图从两个多星期前录像那天，及此后一两天在某会议室开会的情况中，忆起九楼的平面配置。

她记得会议室可鸟瞰公园，也就是说，圆形剧场应该在电梯后方。没错，他们出去又回来，绕过弯墙，舞台后方跟塔楼靠百老汇的一侧平行。所以化妆室和厕所之间的过道旋梯——应该是在那里——在接待室西北角后方，几乎走到底的位置。

她循着手电筒的圆光，穿过右边一扇门，沿青绿色走廊，经过一大片八百出头号的办公室门，循岔口左转，走过青绿色漆廊，经过一堆数字更大的门扉。罗斯玛丽在预测之处的右边凹室里，找到通往上方楼层的黑色铁旋梯。

她缓缓踩上楔型的踏阶，扶着栏杆，驻足聆听——一片死寂——她放低手电筒，攀至青绿色的出入口，地板和墙壁上都贴了地毯。右边有两扇相隔数码的门，中间的弯墙上有一架付费电话；左边是两扇并排的门扉，饰有洗手间的标示，门底下漆黑无光。化妆室的门下透出了灯线；较近的女生化妆室大门开了条缝，里头的灯光映在门上青绿的珐琅上。罗斯玛丽从旋梯走到铺着地毯的过道上，抽着鼻子嗅了嗅。

她又闻了一遍。

是单宁根吗？

她走入化妆室。

里头没有人迹，亦无声响。

她将门推开些，化妆室两侧各有三间包厢，包厢的布帘全都拉开了挤束在一旁。右侧一间包厢墙上挂钩，挂着黛安那件五百美元的貂皮大衣，旁边是几件天鹅绒衣，黛安的水钻表和戒指躺在架子上，凳子上搁着黑皮拉绳袋，底下是黑靴子。凳子一端放着缠在一起的黑丝袜……

克雷格低沉的嗓音从交谊厅传来；交谊厅的门在化妆桌边空椅的后方，半开半掩着。克雷格似乎在提问。罗斯玛丽一手扶着门把，一手扶着旁柱，将身子探入化妆室里，竖耳聆听。她无法听清克雷格的问题或别人的回答，倒是听到走廊传来咔喳一声。罗斯玛丽走进去，关上身侧的门，这时男子化妆室的门开了。她退回黛安的包厢里，心脏突突乱跳。

她深吸口气。

对面包厢里有件镶荷叶边的水绿色套装、海狸皮件、棕色靴子、古驰袋子。这是波利的包厢，还有豹纹内裤……

交谊厅这会儿十分安静。

罗斯玛丽候着。

她嗅了嗅，单宁根的气息似乎更浓了，夹杂在一堆香水味里——或许是提神药的关系，害她嗅觉变得异常灵敏，连颜色也格外清晰。

罗斯玛丽四下探看，查看旁边的包厢。凡妮莎的：艳蓝色的粗呢大衣、牛仔裤、紫红毛衣、咖啡色健走靴、黑长裤。

她向外探看；波利的包厢隔壁是桑迪的：狼皮衣、白色皮靴、黄绿色洋装，没有内衣裤。

她本可现在离开，安迪在不在有差别吗？他们脱光了衣服，可不为了讨论二〇〇〇年GC的公共卫生节目——何况里头至少有两名男性，而且单宁根的气味如此千真万确，错不了的。

她又深深吸口气，再做确认。

是单宁根无误……

交谊厅中寂静无声。

她走出来检视最后两间包厢；桑迪旁边的包厢空着，凡妮莎过去另一间亦是空的——只有侧墙上挂了一件砖红色的长袍。

她停下来走进这包厢，研究染色润厚的袍子，表面不甚规则的生丝摸上去十分柔软。她拉过一只宽袖，长袍背部垂着罩帽，还有一条同色的袍带。

如修士服的长袍十分轻质，衬里细致，边摆双缝。她取下衣架上的标签，斜眼睨视：MME. DELPHINE——戏服。

罗斯玛丽掐起标签上的一根头发，整根拉下。

她拿起头发，用一对明眸凝望这条丝滑的一英尺黑色细丝……

然后把头发挂到长袍肩上。

罗斯玛丽行经椅子及加装灯泡镜的化妆台间，朝半掩的门口走去，她走到门后，抓住门把，从铰链边的缝隙窥探。

约莫离她十五英尺外，正前方稍稍偏左处，桑迪穿着自己的砖红色长袍，坐在沙发中央，正在一张古董皮箱上研究纸牌—正确地说是塔罗牌。她拿开一张牌，研究上面的图纹，叹口气，老天爷赏了坏消息。

单宁根的气味从缝隙中钻出来，也许他们把单宁根当成熏香，在房里或舞台上焚烧。另一件砖红色袍子从她近前方左侧走到右方。“十点半早过了！我还特别要求他要准时开始。”是波利。“我最恨熬夜了，我的生理时钟全被搞乱了。”

桑迪收拾纸牌快速洗牌，然后再次摆出牌阵。波利走回来坐到沙发扶手上，啃着饼干。她从长袍下伸出一双裸腿翘着，蠕动涂红的脚指，就她的年纪而言，腿算是漂亮的。她金色的鬈发探向皮箱，咬着唇，发出啧啧声。

桑迪叹说：“老是排出没有意义的混乱状态……”

第三名巫师进来了，在左侧。“有人看到安迪吗？他本来在这儿，现在又不见了。”

“已经过十点半了。”波利说。

“我知道。”黛安说着走到桑迪另一侧。“男人们越来越不安了。”黛安蓝紫色的袍子显然是为了配合她的眼睛才染的，她看着桑迪移动纸牌问：“‘lousetrasm’是什么？”

“什么都不是。”桑迪说，“乱七八糟。这是朱迪给我的字谜。”

“你是说爱丽丝吧。”波利说道。

“我还是无法相信。”桑迪挪着纸牌说。

黛安从她们身边走开，“我觉得文字游戏无聊死了。”她往右移动。

罗斯玛丽从门缝边抽开身，瞪大眼睛。桑迪也被那道字谜攻陷了？她转过身，安迪正用指头按在自己唇上：“嘘。”罗斯玛丽张大嘴，安迪按住她张开的嘴，低声说：“我差点相信你没有骗我呢。”安迪对她咧嘴一笑，在她鼻头上亲了一下。

他从罗斯玛丽嘴上松开手，一边继续抬手请她安静，然后对她挤挤眼，把门压到她身上，自己溜出去。“各位女士，能不能麻烦一下？我需要在房中独处几分钟。”

“为什么？”右边的黛安问。

“我要冥想，行吗？出去吧，谢谢各位。”安迪穿着黑袍，样式与其他人相同，至少从后面看起来是如此——罩帽垂挂，附着腰带。看来放在楼下那包准备送他的睡袍，似乎是多余了；她有更充足的理由不送安迪礼物了，这个满口谎言、傲慢自大的撒但之子。

“你在那里做什么？”桑迪收拾纸牌问。

“试靴子。波利……”

“你不是说我们应该开始……”

“你们先开始吧，我是说真的，去吧。喂，凯文！放音乐了！

跟他讲一声。”

安迪关上往舞台的门时，罗斯玛丽钻入交谊厅里——抬眼一瞄，瞥见天花板上俯望自己的镜影。

剧院或电视台的交谊厅通常称为绿房，但其实很少真的漆成绿色。在一间到处漆成青绿色的剧院里，又弄出一整间绿色的房间，视觉上实在挺碍眼的。低矮的贴镜天花板，令房间更添诡异。舞台后面的空间铺了甲板；灯光及音响控制室设在上方近处，旁边则是每个人在绿到不行的交谊厅中，走路、闲坐、聊天或一言一行的倒影。

罗斯玛丽挑了张沙发旁的椅子笔直坐下，手肘跨在扶手上，双手叠握，十指交合，穿着黑色休闲裤的双腿并拢，一双黑色平底鞋整齐地并拢踩在地毯上。

安迪走过房间——头上的镜影亦步亦趋地随行，他将黑袍拉紧，系紧腰带，走到咖啡、茶和巨大的红色可乐机旁。“要喝咖啡吗？”

罗斯玛丽沉默片刻后说：“黑咖啡。”

安迪倒了咖啡，在机器上一按，一罐可乐咣啷而落。

他将装在GC马克杯里的咖啡、汤匙和一包糖递给她，然后坐到离她较近的沙发尾端，打开红罐子啜饮。

罗斯玛丽搅着放在皮箱上的马克杯，瞄着桑迪的“卡片”，那是一叠三乘五大小的备忘纸，压在一个圆形的银纸镇下。“你想知道答案吗？”

罗斯玛丽看着安迪问：“你是说Roast Mules的解答吗？”

安迪点点头笑说：“我大概一个星期就解出来了。”

“休想告诉我！”她说，“我自己会解！”

安迪咯咯笑道：“噢，天啊，我终于找到你的把柄了。小心点，否则我就说出答案了。”

她放下汤匙，双手捧着马克杯坐直，吸口气，喝了一口，望着前方。

安迪把罐头放到地毯上，远离他的光脚丫，然后靠向她说：“我不该逗你，我知道你很担忧，别担心，我只是撒了一点儿谎。对不起，我怕在你离开这么久后，我会再次把你吓跑。妈，看着我，求求你。”

她转头看他。

安迪的眼色淡褐澄亮，“我们没有在这里做撒但崇拜，我并不崇拜牠，请相信我。认识牠，只会让人憎恨牠；牠这个恶魔不是假的。我只是在重温自小熟知且喜爱的事物罢了。那些是我仅知的派对与节日，连巫术都谈不上，我们不会施咒或做任何坏事。这不是米妮和罗曼以前的宗教仪式，反倒像罗布·帕特森办公室里的圣诞派对。你听……”他对房间对面点点头。

吟唱开始了——从一个放在化妆间门顶间，藏在青绿壁毯下的喇叭里传送出来——那是一种忽高忽低、夹着奇异颤音的吟唱。“你认得出来吗？”他问。

罗斯玛丽对着喇叭竖耳聆听。

“你有没有参与过任何……”

她摇摇头说：“没有，但我会隔着墙壁和衣橱听见，你知道的。”

他点头微笑。

罗斯玛丽说："这听起来不一样。"

"这是古老吟唱中的一种，"他说，"但汉克配了电子乐—那是他的嗜好。我就是指那个——录好的吟唱，用电子乐加强。"他笑说："倒着放的话，会听到主祷文呢。"

她笑了笑，用马克杯啜饮，同时瞄着喝罐装可乐的安迪，他的喉结上下滑动。罗斯玛丽把杯子放到皮箱上，靠坐回去，双手摆在椅把上，看着前方。她交叠着腿，嗅了嗅，拿手在面前扇着。

"这真的是办公室里的圣诞派对。"安迪放下罐子说，"以安迪所喜好的方式进行。他们觉得对一位必须全天营造良好公众形象的人来说，这种奇想十分有趣，但不算怪异——安迪也随他们按自己的方式去玩，让这些在工作上饱受压力的专业人士有交流之所。据凡妮莎说，她的论文便是以此为主题。"

他靠向罗斯玛丽："这些是一群为世人谋福利的有才人士，他们借助非传统的行为，抒发压力与不满。他们跟你一样，都不信奉撒但；其中半数人会固定上教堂。杰伊还是他们犹太教会里的干事。"他按住罗斯玛丽放在椅把上的手，"而且他们不是凶手，妈。"安迪说，"我也没派他们去杀人，你最担心的就是这点吧？"

罗斯玛丽看着他点点头，答道："是的。"

他坐回去摇着头，拨了拨自己茶色的头发。"我不懂，为什么？我想朱迪今年夏天应该就打算背叛我了，但她并没有，当时我们根本不知道她的真实身份。"

"她跑来找我，想跟我说一些事，但跟拼字游戏无关。"

安迪别开眼神，摇头叹息，再回头看着她。“也许她是想说要结束我们的关系，我们在都柏林闹得不太愉快，你猜是哪一晚？”他拿起可乐喝着。

“你们吵架的事她跟我说过了。”罗斯玛丽望着安迪，“我想，她是打算告诉我这里的事。”

“妈，这真的没什么。”他说，“你自己看，去看几分钟吧，朱迪的袍子还在，你穿上袍子，用罩帽遮住自己，不会有人知道是你，他们会以为我带了人来，我以前常那样。到时候你就会知道，那是一场大家穿着道袍吟唱，跳着古老的舞蹈，还有美食可吃的派对。我们以黑蜡烛取代红色和绿色的蜡烛，焚烧单宁根，而非冬青枝，根本没什么大不了。”

她看着他说：“谢谢，但不用了。”

“没有人会逼你做任何事。”他说。

“我说了不要。”罗斯玛丽表示，“即使真像你讲的那样天真无邪……”

“我可没说天真无邪。”他笑道，“我只说不是撒但崇拜，而且没有压力。威廉搞不好会对你上下其手，但你若打他的手，他就不会再造次了。”

“朱迪若去跟媒体爆料，内容只有这样吗？”她问，“只有‘纽约 GC 办公室的道袍派对’？”

安迪坐了一会儿，起身朝化妆间门口走去，他将罐里的可乐喝干，头顶上的倒影依样而做。

安迪将罐子一扭，扔进垃圾桶里，然后转头面对罗斯玛丽。

"是的，她若去爆料，会让人很尴尬。"他说，"但请相信我，我绝不会为了阻止她而伤她一根手指，我真的很爱她——即使在感恩节之后。"

罗斯玛丽移开眼神。此时吟唱加入了鼓声，缓慢而沉稳……

"而且我不相信她会去向媒体投诉，"安迪朝她走回来说，"她跟所有人一样喜欢这一切，而且还在其中加入一些瑜伽的点子。"他蹲到她的椅旁，"你只要去看个几分钟就好，算是为了我们两个，为了你和我。你若认为我还在说谎，认为他们在台上剁鸡头，我们便不可能再像今天这样，一起开心地度过了。"

罗斯玛丽叹道："我并没有那样想。"

"那你在想什么？"他问。

罗斯玛丽看着他，眨眨眼，耸耸肩说："不知道，大概是在想'黑弥撒'吧，我也不清楚……"

"你是红衣主教吗？"安迪看着她笑，"谴责自己没看过的电影，声讨自己没读过的书？"

"噢，天啊，安迪。"她说，"好啦，算你赢。"

她从椅上起身，安迪也站直身子，笑咪咪地搭住她双肩。"我很高兴事情能这样解决，"他说，"就像你带我参观爱尔兰一样，这些是我的根源，一部分的根源，我从没想过自己能有一天让你看到。"他亲吻罗斯玛丽的脸，她也回吻他的须面。

"我只待两分钟，"她说，"今天忙了一天，我很累了。"

他瞅着她微笑，拉好身上的袍子系紧腰带。罗斯玛丽走入女生化妆室，安迪的镜影在头上随着鼓声节奏逆行。

第十六章

她跟安迪携手站在侧舞台墙边，探视黑暗深处昏幽的烛焰、朦胧的聚光灯和模糊的红色出口标示。十二英尺外，蒙着头帽的长袍，袖子彼此相牵，一圈人缓缓踩着横步，反时钟而行。众人忽高忽低地跟着播放的乐声吟唱，由鼓声带引，伴随横笛或长笛之音，交织成一片回响。砖红色的袍子、棕色的袍子，在绿色的阴影中看起来同样幽暗，袍子左右晃动着，她只能确知穿蓝紫色袍子的人是谁。

还有最矮的那位是杰伊。

最高的袍子是凯文。

她瞥见相连的衣袖后头，突出一张黑椅。她靠近安迪悄声问：“坐在中央的人是汉克吗？”

“不是。”安迪压低声说，“我会坐在那儿，汉克在圈子里。”

她转头放开安迪的手，拉开罩帽看着他。

安迪的脸埋在黑衣中，他点点头说：“汉克只有在这个时候，才有办法站上一段时间。我会事先给他精神鼓励。”安迪对罗斯玛丽一笑，“留到活动结束好吗？最多十分钟，他们不会离开圈子的。”他吻了她，然后转身离开，旋起长袍，露出裸露的脚跟和他的跟腱。

罗斯玛丽看到深色的袖子分开来，让黑袍切过；袖子从苍白的手臂垂落时，左方一条纤臂上，亮出一道宽粗的银手环。长袍的罩帽朝她转来——罗斯玛丽只能看到脸上的阴影——众人再度牵起手。罩帽转向另一个篷帽，对方转头面对她，并随一圈人等，朝反时钟方向舞踏。

安迪全身素黑地坐在舞台中央，面对前方，头顶的聚光灯在他身上打出柔和的光晕。除了胡子尖和放在椅手上的左手外，一切全是黑的。蓝紫袍子坐到安迪前面的座椅上，两人罩帽相对，牵起衣袖，其他吟唱者则随着击鼓横跨踏步。蓝紫袍和黑袍保持相对，然后罩帽相接又分开。蓝紫袍站起来，安迪伸手帮忙相扶。他对前方招手，棕色袍子便从圆圈中走出来，蓝紫袍和棕袍交换位置，吟唱者踏着横步，鼓声继续击响。

罗斯玛丽随鼓声摇动，晃着臂上的长袖，丝布的粗纹在她皮肤上摩擦，全身变得异常敏感。也许是药丸的关系——或是因为单宁根？还是综合上述原因，但愿不会有危险。

不过她觉得很舒服，就像以前跟混蛋凯感情正浓时，一起跳迪斯科的感觉，既新鲜又放松。罩帽下的阴黑面庞纷纷转向她；罗斯玛丽对众人微笑，她知道自己在聚光灯下，在离最近的烛光数码之遥时，面容跟大家一样模糊难辨。

他们是否猜到她的身份？或者他们认为安迪又找到新女友了，虽然仓促，却能从中得到无限安慰，这点完全可以理解。罗斯玛丽进一步放松地随吟唱和鼓声摆动，像安迪从大厅邀来的外国访客，意大利人，不，是希腊人，歌手梅莉娜·梅尔库里。罗斯玛丽摇摆着，丝布轻拂她的肌肤……

圈子里有两三个人对她招着苍白的手指，她摇摇罩帽，笑咪咪地晃着，圣诞节，休想……

舞步很简单：踏前两步，踏后一步，在第四个鼓声换步。这是一种缓慢的土风舞步，沉稳而不疾不徐。对金格尔·罗杰斯来说根本不难，罗斯玛丽还是试着跟上舞步，鞋底下的地毯十分松软。

乔看到这种场景会怎么想？该出动缉捕队吗？也许会……也许不会。她可以想象乔找道袍穿的样子，她很欣赏乔的冒险精神，这是她所欠缺的。乔的阿尔法·罗密欧便是一例。

唉呀，管他的。

罗斯玛丽整好袍子，系紧腰带，尽可能用罩帽掩住自己，然后深吸口气——以极慢的步子，随着鼓音，来到围圈的长袍舞者间，向分开的长袖伸出手，任人热情地牵起她的手。

她和拍随着圈子舞动，踩着舞步，看黑袍安迪和砖红袍女子握手相谈。她横步绕过安迪的肩旁，握住凡妮莎可可色的手，她的手在灯下泛青，平时素净的指甲涂了黑色或近乎黑色的指甲油。当他们摇动手臂时，一条粗大的银链手环自凡妮莎砖红色的袖子底下滑进滑出。

跟在罗斯玛丽后面的棕袍人十分高大—大概是威廉或克雷格。罗斯玛丽紧握住他的手，以防真的是那个爱上下其手的威廉。罗斯玛丽闭上眼睛，随众人的吟唱低哼，依样画葫芦地学着，她自在地踏舞，响应群居动物的本能，所有感官都苏醒过来了……

“喂！”凡妮莎紧握她的手后放开，“安迪要你过去！”

安迪招着手，她几乎就在他正前方，穿棕袍的人站起来了。

她跟着鼓声来到一张无背的黑椅边，拉起袍摆，坐到温热的椅子上。

两人膝盖相抵，她将手交给安迪，看着缩在黑色罩帽下的安迪对她微笑。“我正希望是你。”他说。

“你根本知道是我，你这小混蛋。”她说。

“妈妈怎么可以这样讲儿子？真是的……”

她说：“他们坐在这儿时，你都说些什么？”

他看着她，笑容渐敛。“我向他们致谢。”他说，“谢谢他们为GC和我所做的一切，并告诉他们，大家有多么高兴他们能参与舞圈，他们则是想说什么就说什么：发牢骚、承认错误，或仅仅表示‘谢谢，我也是’。在巫师团里，团员会跪在罗曼面前，誓言效忠撒但和罗曼，然后罗曼拿刀刺破自己的指头，由大伙各喝一滴血。你可以明白为什么我不喜欢那样了吧？”

罗斯玛丽静坐握住他的手，看着再度展露笑颜的安迪。“现在我们可以亲一下嘴了，”他说，“很纯洁的那种。该你了。”

她说：“要纯洁还不容易。”她靠上去啄了一下安迪的唇，安迪还来不及扶起她，罗斯玛丽已起身放开手了。

所谓的“美食”其实并不怎么样——舞罢后，穿砖红长袍的几个人将食物摆到圆形剧场的第一排高阶上：都是从楼下厨房拿来的加热菜和恶心的碎肉面，不过添了些微单宁根的蛋酒倒是风味绝佳。蛋酒用漂亮的银碗盛放，摆在中央舞台，不是旅馆用的镀金器皿，而是货真价实的银器，造型简净雅致，银辉闪动，六七道柔光，照在铺了青绿台布的桌子上，安迪则坐在桌边。

一身蓝紫的黛安为众人盛酒，她将罩帽摘下，露出最近才染黑的秀发，看起来美极了。她因刚才的圈舞而面带红晕，且显然坐骨神经已经痊愈了。她拿着银瓢在每个人的银杯里斟上浓稠的蛋酒，众人瞎混闲聊，罩帽全已摘下，汉克坐在椅子上，被威廉的话逗得笑到脸色通红，两人手里各擎着一只银杯。

罗斯玛丽坐在最顶阶，弯墙边交谊厅的阴暗处，她依然戴着帽兜，虽然似乎没有必要了，因为安迪在舞蹈尾声，送她到台阶顶端后，就没有人再瞄她一眼了。母子俩在那边吃着安迪拿上来的食物和美味的蛋酒。两人吃得狼吞虎咽，因为一整天只吃了那份熏牛肉三明治。

这会儿安迪两手各拿着重新装满的杯子，拾级而上，他背着舞台灯光，整个人暗成黑影。罗斯玛丽别开眼神。

这些长袍很容易掀开，尤其等每个人都坐下来跟安迪谈过话，大家开始加快舞步时。

安迪递给她一只银杯，坐在离她几英尺外，近弯墙中央处的台阶上，他把衣袍塞到身下。“愿意的话，你可以把帽兜摘下了。”他说，“他们几乎看不到你，反正他们都知道了。没有人认为我会那么快就带约会对象来，所以还会有谁呢？凡妮莎就知道是你。”他吮着银杯说。

罗斯玛丽掀开帽兜，整理自己的头发。“他们有何反应？”她问。

“他们很高兴你来了。”安迪说，“而且他们能理解为什么你不想跟他们聊天，他们希望你能参与另一次跳舞，但你若不肯，他们也不会觉得受伤。”

她从银杯中啜饮：“你是指另一次派对还是今天晚上？”

“今天晚上。”他说，“我们还会跳两三次舞，但速度更快，也不太一样。”他端起银杯喝酒。

“噢。”她又喝了口酒。

“你如果累了，我有一些药丸。”

“不，不用了，我没事。”她说。

“不会有害的，”他说，“是跟楼下艾尔拿的。”

“不用了，我没事。”她说，“只是喝多了。”

“安迪！”桑迪站在舞台边缘抬头看着他们，“我能跟你讲一下话吗？”语气颇为懊恼。

安迪哀吟一声，放下杯子站起来。“希望我能马上回来。”他拉起袍子奔下台阶。

罗斯玛丽起身，却被丝袍绊住，她挪着身子，换个较舒适的姿势靠在背后及底下的地毯上，将袍子塞好。她拿起银杯喝着，瞅着安迪站在灯光柔和的舞台上，倾听桑迪和黛安的争执。他揽住两人的肩膀，陪她们慢慢走到侧舞台，跟着她们穿过通往办公室及储藏室的门口。

罗斯玛丽慢慢享用浓稠的蛋酒、甜塔和单宁根的气味；聆听周边缭绕的音乐，和烛光摇曳、透着原始森林风味的舞台。聚光灯此时渐渐暗去，穿深色袍子的凯文和克雷格将摆放银碗的桌子抬起来——那美丽的银碗是黛安的还是GC的？——搬到交谊厅门后的角落，把舞台清空，准备下一场舞蹈……

速度更快、不太一样的舞……

歌手吉米·杜兰特说得极是：*你是否有过欲走还留的感觉？*

罗斯玛丽咯咯笑着想起这段话。

你很兴奋呀，是有那么一点。大概是因为蛋酒里加了朗姆酒或伏特加吧，也许是因为单宁根——酒里及空气中的单宁根造成的。现在她几乎没注意到单宁根的气味了，但火盆在舞台角落闷烧，烟气在粉色的柱子上旋腾，美丽极了……

这感觉就像以前跟凯抽大麻时烟瘾上来时一般——音乐分外清晰，皮肤格外麻痒，感受着磨在肤上的丝布和丝布底下的地毯——同时间，脑筋思路却异常迅猛明快。她从银杯汲饮，单宁根该不会类似大麻吧？一抹黑影停在底下两阶，对方弯身鞠躬说："不好意思，罗斯玛丽。"是友理子，"好高兴看到你在这里，我能趁安迪不在时，跟你谈一会儿吗？"

罗斯玛丽坐直身子，将杯子放到一旁笑道：“当然可以，友理子，请坐！”她将袍子拉紧，“我一直希望能有机会再跟你聊一聊。”

“谢谢，我也是。”友理子坐到罗斯玛丽底下一阶，离她左侧几尺的台阶上，从那个角度，舞台灯光刚好打在他的脸颊和下巴。

非常英俊，四十九岁，离过婚，有两名已婚子女。大伙在安迪的办公室开过即兴派对后的那天，罗斯玛丽便问过朱迪了。

罗斯玛丽不久前——应说是感觉不久前——才看过《广岛之恋》；电影男主角也是位建筑师。友理子是纽约 GC 圆形剧场的设计师，负责监督 GC 全球的设计案，他自己开了公司，在业界声誉极高。

“计算机课上得如何？”他抬头对罗斯玛丽笑道。

“这是我的新年新计划之一，”她说，“而且是首要之务。”

“我只有一项，就是放缓脚步。”他说，“我明年就五十了，免不了要停下来思考。GC 将来没有案子要我设计，我很幸运能与这批优秀的人才共事，所以我决定休息一下，‘闻闻玫瑰香’。”

“我完全赞成。”罗斯玛丽垂首对他微笑，倾身交叠双手放在膝上。

“我今晚看了一部分《圣日特别节目》。”友理子抬头对她说：“我总是看安迪的部分，即使我每个节目都录起来了，但感觉还是不太一样，是吧？每次听完他说话，看过他做事——这样讲好像把自己捧得很高……”他笑了笑，“我真觉得安迪是位天人，虽然他一再谦称自己仅是个平凡人。当然了，今晚与他同席而坐，更强化了我的感受。我愿意为他赴汤蹈火。”他叹道：“我真的相信他会成为不朽的伟人。”他说，“我认为烛光仪式将成为人类史上划时代的事件，也是一项伟大的艺术创作，加上转瞬即逝，更使之永垂不朽。”

“我也那么认为，友理子。”罗斯玛丽朝他挨近说，“那点我也跟安迪说过了，真高兴你我的看法一致。”

友理子告诉她：“今晚在这里见到你，让我比以往坚信，安迪——以及你——都是不折不扣的圣人。这是我的肺腑之言，一般人怎能与自己的母亲分享这个？”友理子挥手指着周遭说，“一般的母亲又如何能够承担得起？”他电力四射地对她笑说：“许多虚构的神话将绕着你而生，你懂我的意思吗？”

她也用最有魅力的笑容回道：“不懂。”

“我猜单宁根在发威了。”他依然笑容满面地说。

“单宁根？”她问。

“焚香。”他指说，“那是从一种埃及植物叶子萃取出来的东西，与印度大麻性质类似，是大麻的起源。”

“难怪我觉得有点飘飘然。”她说。

“这会儿大家都一样。”他说，“但即使我很清醒，仍视你为圣人。因此我要坐在你底下，在你的脚边。”他顶着一头黑发弯下身。

罗斯玛丽张大嘴，脚指被出其不意地吻住了。这是她第一次，而且感觉不错。

友理子站起来笑着对她伸手，“再跳一次舞吧，”他说：“这舞很有趣。”

一件件袍子在烛光和柔美的光柱下围成圈，蓝紫色及黑色的长袍步上舞台，安迪看着站起身的罗斯玛丽。

她看着自己的脚，一手拉起袍子，友理子搀扶她走下陡阶。

乐声渐响，管音缠绕，鼓声击得比先前更为急切。

两人来到舞台角落，面对面站着，友理子比罗斯玛丽稍高，罗斯玛丽表示："我真的很想跳，友理子，但我非常非常疲累，今天真的忙到不可思议。"

他弯腰吻一下她的手，有个东西触着她的指背。友理子站直时，罗斯玛丽说道："好漂亮的坠子。"

"是吧？"他从袍子的V领中掏出链坠：一个银圈上缀着一滴弯泪，挂在黑绳之上。

罗斯玛丽靠近墨绿阴影中的坠子问："这有什么特殊含义吗？"

友理子答道："我不清楚设计者的意图，但我觉得这代表生生不息的生命，绵延持续的万物。"他让坠子靠回胸膛上。

"好漂亮。"罗斯玛丽说。

友理子笑道："的确是令我眼睛一亮。现在我有另一个新计划了：我决定新年时邀请你吃晚饭。"

她笑了笑说："我决定接受邀请。"

二人相视而笑，友理子欠身退开，走向舞圈。罗斯玛丽寻找安迪的黑袍，大家跳这支舞时都没戴上帽兜，手里还拿了条淡绿色的绳子或藤蔓。

没有安迪，没有黑袍，但一圈深色的袍子里倒是有蓝紫色的。鼓声咚咚高响，牵着藤索的圈子踩着节奏开始顺时钟转动。

罗斯玛丽看了一会儿，转身走入交谊厅，关上门，灯光刺得她一凛。乐声从她右侧的喇叭里钻出来。

安迪穿着黑袍，坐在沙发上看她，手中拿着一片饼干。"我还以为你和友理子……”

她摇摇头，眨眨眼，抬头瞄了一眼，越过房间走向点心桌。“你怎么不跳？”

安迪耸耸肩，“这支舞可能变得很淫秽，黛安一定是朗姆酒放多了。我本来想去接你，但看到你和友理子一起走下来，便觉得……”他耸耸肩，“我想还是等一等。”他说。

她抓了一把饼干走回沙发。

安迪挪出位子。

罗斯玛丽坐下来，把饼干放到两人之间的皮箱上，靠回去慢慢吃着。“你知道单宁根跟大麻很像吗？”她问。

“你在开玩笑吧。”他说，“我听了很震惊，非常震惊。”

她瞟他一眼，“难怪你会迷上这些东西。”她说，“我千不该万不该让你一个人去米妮和罗曼家。”

“我没有对任何事上瘾，”他回头对她说，“还有别怪罪自己，你当时也没得选择。”他看着重重吸气的罗斯玛丽一会儿后，搭住她的肩说：“很多女人会尽快逃走，将我遗弃，永远丢给他们。”

她叹口气说，“有些人会吧。”

“很多人会。”他吻着她的太阳穴说。罗斯玛丽摸着安迪搭在她肩上的手，两人相视而笑。

安迪转身拿起可乐灌饮。

罗斯玛丽伸出手，安迪把可乐递给她，她拿到嘴边喝过后，把罐子还给他，他再递到唇边。

罗斯玛丽坐着，凝视桑迪那闪闪发亮、压在纸上的圆形银纸镇，罗斯玛丽摇摇头，仿佛想让自己清醒。

“所以现在你满意了吗？”安迪放下罐子坐回去，拉起罗斯玛丽的手问。“你在台上有看到任何撒但崇拜的仪式或巫术吗？有没有任何人强迫你做任何可怕的事？”

“没有……”她往后坐，鼓音从喇叭和门缝间钻入，渐扬渐急。“这也是汉克的音乐吗？”她问。

“不是，”他说，“好像是某个法国团体的。”

两人闲坐聆听。

安迪换手握住她的手，用臂膀环住她肩头。罗斯玛丽闭眼倚在他身上轻叹，他亲吻她的太阳穴，她的脸颊，她的嘴角。

“安迪……”

“一个纯纯的吻……”

鼓声激昂奔放，她张开眼睛，看到躺在沙发上的自己，双臂环紧他背上的黑袍，一手插入他发中，任他咬住自己的咽喉。她闭上眼睛……抱紧揽住她的安迪，二人肌肤相贴，他用双膝顶开她的大腿。一只丛林里的野鸟发出尖啸，罗斯玛丽看着前方的喇叭，见到一个标示，浑身一僵。

她从镜面的天花板上看到那个标志——在青绿色的房中，唯一的一抹天蓝，一个中间横着黑字的长方形广告单。

就在捏皱的红色可乐罐头下。

在颠倒的门下，依附在芦苇的编篮里。

单子上的字母是反的，且离她二十英尺，但罗斯玛丽瞬间即懂——那字母如此鲜明，最近又在新闻及她脑中大量出现——罗斯玛丽在同一瞬间，看出了自己在单宁根的迷雾和柔和的灯光中，一直未能认清的事实：友理子的坠子、团员戴的手环、装酒的碗、她用来饮酒的杯子。那标志使一切变得如此明澈：TIFFANY & Co.——蒂芙尼公司。

安迪抬头露出虎眼，额角初露。“我还以为你已经准备好了。”他说，鼓声急切，鸟啸尖拔。

罗斯玛丽摇摇头。

他往下滑去，一腿落在地上；她抵住安迪的头说：“不行，安迪，我想一个人，只要几分钟就好，求求你。”

安迪单膝跪起看着她，眼睛半呈淡褐，双角慢慢缩回。“现在？”他说。

“拜托。”

安迪抽口气从沙发上起身，收紧袍子。“你怎么说都行，嘉宝小姐。”他圈起腰带系上，用一对褐眼对着她笑，额头已恢复平整。“你不会从我身边逃跑吧？”

“不会。”她说，“我只是必须——调整一下心情，两三分钟就好了。求求你。”

安迪点点头，拿起一片饼干，走到往舞台的门边，打开门——双手随鼓声击拍——然后走出去关上门。

罗斯玛丽坐起拉好袍子，把脚放到地毯上，摇头抱住，然后吸气，吐气，再抽口气。摇摇头。

她拾起可乐罐摇一摇，喝一口。

放下罐子，拿起纸镇，检视银镇底处后放下。

她站起来走到垃圾桶边，将袍子裹得更紧，还绑上腰带。

然后拿出卡在编篮里的广告单。

光滑的天蓝色三折页纸张上，打着黑色的蒂芙尼字样。她将纸张拿远些，看到内侧以斜体字恭喜她买了蒂芙尼打火机，并告知若有需要，修护部门将随时提供服务，宣传单上还附了同款棱纹的金色及银色香烟与雪茄盒。

威廉抽香烟，克雷格抽雪茄。

她走进男生的化妆间。

威廉原本穿休闲服：深蓝夹克、金色“我♥安迪”徽章和灰色法兰绒衣服。金色的打火机放在他的架子上，夹克内袋里有个相搭配的金烟盒。

另一只金色打火机躺在克雷格的架子上，旁边是银制雪茄盒。大概是金色的卖完了吧，真可惜。

两个架上都摆了有数面刻度盘的蒂芙尼金表，其中一只旁边有一小本使用手册。

罗斯玛丽退到外头，喇叭传出轰隆隆的声音，感觉像《金刚》的电影原声带。她走到女生化妆间，手里抓着广告单。

她匆匆脱掉袍子换上自己的衣服，极力克制颤抖。她把广告单收入口袋，拿出手电筒。

在出去途中，查看了一下黛安那支镶有珠宝的手表，是卡地亚的，萝卜青菜各有所好。

她快步冲下黑色旋梯，循着手电筒的光，走过青绿色的走廊。

第十七章

圣诞节当天早上，罗斯玛丽打电话给乔，告诉她自己彻夜未眠，有点头痛，并问两人稍晚能否一聚？

乔有点失望，但表示能理解，他昨晚也很不顺心，回程的火车延宕了数小时，直到凌晨三点多才回到家里。

“啊，”罗斯玛丽说，“真可惜。情况还好吗？”

对方叹口气。“不知道……她态度很好，姑且不管她是同性恋，但我觉得那个女的是个控制狂，而且年纪也太大了。你去圣帕特里克一切还好吧？”

她说：“还可以。我稍后再打给你，好吗？”

她打给安迪，听到对方留言。

打到他指定的号码，在机子上留言。

罗斯玛丽在茶几边喝咖啡，浏览《纽约时报》头版：魁北克发生灾难，造成六十六人死亡的消息占去上半个版面；下半部折页是两栏并排的白宫及纽约市长官邸格雷西庄园的烛光仪式准备报道。

电话响了；她接起电话。

“在你开口之前……”

“不，”她说，“在你说任何话之前，先下楼到我这儿，我给你十分钟时间，还有，甭麻烦带圣诞礼物了。”她挂掉电话。

安迪不到九分钟便赶到了，电铃响了，应该是他，因为门把上挂了“请勿打扰”的牌子。“进来！”她命令道。罗斯玛丽叠着手站在拼字桌前和窗口的薄光中，身上是那晚安迪到华尔道夫酒店房间找她时，穿的钴蓝色天鹅绒束腰长袖洋装——抠掉了“我 ♥ 安迪”的徽章。这是跟一位 CBS 电视台厉害的导演学的。

安迪看着她摇摇头，吐口气，关上身后的门。他穿过前厅，瞄见蒂芙尼的广告单和茶几上的天使陶盘，两者的蓝色几乎相搭配，但陶盘的调子稍微暗了些。“嗨。”他朝两样东西走过去，浑身清新的安迪穿着新牛仔裤和雪白的 GC 运动衫，你能相信他会那么邪恶吗？他刚冲过澡，头发还是湿的，显然没空吹干。

“你不觉得你有点反应过度吗？”他扭身问罗斯玛丽说，眼白亮如身上的运动衫。好强的意志力；果然虎父无犬子。“别这样，”

他说，“我的意思是，反正你在犯大错前喊停了，不是吗？而且那时你情我愿，不只是我犯冲动而已，我们就别再闹了……”他吸口气，冲她一笑，“我们两人都闻了单宁根，也都喝了蛋酒。”他摊开手耸耸肩。

“还用蒂芙尼的杯子喝。”她说。

他一脸不解，演得挺像回事的。

她指指广告单。

安迪继续装傻地瞄着纸张，然后看着她——摆出困惑中的耶稣模样。

“安迪。”她说，“楼上几乎可以开另一间精品店了，酒碗、各种杯子、手环、手表、打火机……”

他抚住额头闭上眼睛喃喃说：“噢，你这是说到哪儿去了……”

很具说服力，你差点要相信他不知情。

她走到安迪身边，抓住他雪白衣衫下的肩头——力道大到令安迪露出惊讶的表情，十足像《星际迷航》里的麦考伊医生，安迪抓住她的手腕瞪着。罗斯玛丽说：“看着我——用你真正的眼睛——然后告诉我，朱迪不是你的教团或手下或核心员工杀的。”

两人相互抓住对方的手腕肩膀，他的眼睛渐化成虎眼。

罗斯玛丽盯住他黑线般的瞳孔，“你说呀。”她说：“‘没有，妈，他们没做，是另外五个人干的！’你说呀，那是你的台词，说。”

他虎眼凝望，双唇微撅。

“说啊。”罗斯玛丽更加用力揪住他的肩头，挺身靠近，“说出来，我们马上去办那件没办完的事。”她对着卧室点点头。

安迪扯开她的手，“是的，是他们干的！”然后转身走开。“但不是我的主意！其实我并不是自由之身！”他回过头说：“你知道我有许多赞助者，但你有没有想过，他们在烛光仪式上投资了多少钱？先不提工厂、出货的事，光想一想那些广告片、特辑和让所有人、每个人都看到的播放费！”他向她逼近，眼睛仍维持虎眼。“我们谈的是塞伦盖蒂的班图部落！蒙古的农民！一些我们得铺好路，才能送发电机过去，让他们这辈子第一次看到电视的地方！那得要几十亿美元！几十亿呀！”他吸口气，“他们不希望看到这件事有风险。”

“安迪。”她说，“世事的确改变很多，但曾几何时，这世界变成由天使来主导了？你才是制作人，你才是明星，你才是……”

安迪爆出笑声，“妈，我的天使们并非天使！”他吞了口口水。“他们是生意人，虽然乐于助人，但只要涉及保护自己的投资，便会变得异常顽固。再说了，如今木已成舟。”他朝她逼近，依旧亮着一对虎眼，罗斯玛丽交叠着手。“我能怎么办？”安迪问，“我在车上是真的不舒服，不是装的。没有人叫他们那样做，都是黛安的主意！黛安很疯狂，她在戏剧工会待了三十五年，跟舞台界混得太久了！克雷格对她言听计从，只要他登高一呼，大家就跟着乖乖去做。”

“可是叫他们下手的人是你。”罗斯玛丽说，“是你让他们有能力做到，就像你能让汉克起身走路一样。”

安迪抽口气点点头说：“那不一样，但很类似。是的，该负责的人是我，是的，我没得选。”他走到茶几边，重重吸口气，低头望着广告单和陶盘，将双手插入口袋里。

罗斯玛丽依旧叠着手，冷眼看他。“我要搬回华尔道夫。”罗斯玛丽说。

他转过一双虎眼说：“噢，妈……”

“我不要留在这里。”她说，“我会去银行贷款，直到《新视野》播出为止，我相信我的信用评级非常好。”

“你想借就借吧，但请你留下来。”他说。

“不。”罗斯玛丽表示，“我不知道等调查开始后会发生什么事，我甚至不敢想等警方讯问我时，我会怎么说。从现在开始，我希望我们能保持距离，安迪。”

他吸口气，叹息着点头，然后低垂下头。

罗斯玛丽说：“虽然我不像你那几位非天使对此事如此疯狂执着，但我也不希望烛光仪式遭到破坏。这星期我不希望我们得被迫面对一堆奇怪的质问，尤其爱尔兰之行成果那么丰硕，所有的数字又都那么漂亮。”

安迪抬头看着她，眼睛开始化成褐色。

“所以我会等到下星期六。”她说，“等到一月一日，但我真的不想看到你，除非事情尘埃落定。”

他静静伫立，用一对褐眼凝望她，罗斯玛丽转身面对茶几和窗子。

安迪说：“我们会……会一起点蜡烛吗？”

她缄默片刻，“在公园吗？”她问。

“不，”安迪说，“我们若去公园，就无法去麦迪逊广场、阿比西尼亚浸信会教堂或任何其他地方了，我不想跟政治沾上边……我想最好的做法，就是待在楼上我的公寓。我会找乔一起来，免得你不愿到场。我们可以鸟瞰整个中央公园大草坪上的表演，而且我有一间很棒的媒体室——你一定已经看过照片了——所以我们可以在所有联机上看到一切，那会是纵览整个活动最好的办法。”

她转身吸口气说：“再说吧。”

安迪点点头，转身朝前厅走去。

“把天使陶盘一起带走。”罗斯玛丽说。

“噢，妈……”安迪扭过头。

“带走吧，安迪。”罗斯玛丽表示，“陶盘是他们买的，不是你，我不想要你们任何一方送的东西。”

安迪走到茶几边，将陶片扫到另一只手里，像拎着精装书似地在身侧晃着。他走到前厅，离开时将门带上。

罗斯玛丽松口气，垂下双臂。

她拿着仿银的咖啡壶为自己添咖啡，就在咖啡几乎从壶嘴流出时，她却转而拿起托盘上的干净杯子，在里头倒了七分满，没加糖也没调味。

罗斯玛丽开始在前厅和拼字桌间来回踱步……

缓缓用双手捧起杯子……

对着咖啡皱眉，小口地喝着……

奇怪，安迪说他的天使们并非天使时，那大笑的样子实在太奇怪了。他们当然不是天使，而是一些选择以冠冕堂皇理由行谋杀之实的财阀，人类史上并不缺这种人。

GC 去哪里找到足够的利他主义中坚分子，捐出几十亿来？难不成有数千名义捐百万的赞助人？还是几百位捐赠数百万的善心人士？她从未估算过举行烛光仪式的总成本，更别说是 GC 所有其他计划了。

安迪把烛光仪式说得像“不成功便成仁”，如今只剩一个星期了，他自然会这么想……

罗斯玛丽喝着咖啡，来回踱步……

为什么她从未见过任何大金主？她见过每年捐献数千美元的赞助者——在纽约和爱尔兰的会场里，以及感恩节时在迈克·范布伦家。她知道罗布·帕特森的基督教联盟是重要赞助来源，但有到上千万吗？她不觉得有，也许过去三年加总起来有两三百万吧。

最大的几位金主，至少应该有人会想见她吧？安迪难道不想揣摩顺从上意吗？

她只在机场见过那位年老的法国人瑞内，或许跟他同行的男子也是；他们仅握过手，寒暄数语，这是她跟 GC 的“非天使”仅有的接触了。她闯进安迪办公室那天早上，瑞内显然在电话上狠狠训了一顿安迪；而安迪似乎也很习惯去安抚，或试着安抚这位老者了……

罗斯玛丽在房间中央顿住。

站了一会儿，重重吞咽。

她合上眼，一手贴住自己的额头。

吸口气，再睁开眼，转身走到茶几边，弯身轻颤地放下杯子，将《纽约时报》拉到面前。

她站着垂望报纸的头版。

转身揉着额头，慢慢走到拼字板旁。教堂钟声当当敲响。

雪亮的天光穿透薄纱而下，罗斯玛丽心中一凛，低头看着桌上的字母棋。

她看的不是原本的十个字母牌。

而是另外躺在一旁的其他九十二个牌子，它们大都面朝上，等着她从中找出答案。

罗斯玛丽用指尖触着一枚棋牌，将它从其他字牌中拖出来，放到拼字板边打亮的木条上搁着—那是一个B，就像钟声敲响的那首歌《噢，伯利恒小镇》的B……

她触着另一个字牌，也将它拖出来，在B旁边加了一个I，然后再添一个O……

再给我一个C……

一个H……

一个E、M、I……

她没看到另一个C，也没继续找。

罗斯玛丽走回茶几，拿起电话拨号。

“嗨，乔。”

她说：“好一点了，我们现在碰个面好吗？离开这里找个能谈话的地方，我对这栋塔楼厌烦透了。我会过去那儿；我又不是没见过猪圈，不会昏倒的。”

她叹口气：“那间中国餐馆在哪儿？今天应该不会有人吧。”

她说：“我才不在乎那个，食物好吃吧？餐厅在哪儿？”

“跟垃圾场一样。”乔是这么说的。第九大道外围，有间十二张老旧桌子的餐馆，餐厅有落地窗，转动不了的吊扇，画家爱德华·霍普的饰图。

他们坐在侧边包厢里，一个双人座上，用中国啤酒举杯庆祝佳节愉快，然后先把礼物的事解决掉。乔的礼物是一本罗斯玛丽在旅馆的里佐利书店找到的精装书—意大利经典车款的照片，包括他那部阿尔法·罗密欧。

“噢，这书好漂亮！”他翻着厚重的书页说，“我根本不知道有这种书！太酷了！好漂亮！”他探过桌面亲吻她。

罗斯玛丽的礼物是一个法国珠宝品牌梵克雅宝的金制“我♥安迪”小别针，镶上一颗心型红宝石。

罗斯玛丽叹道：“你实在不该……”她也探过桌子亲吻他。“我好喜欢，谢谢你，乔。”她把别针别到毛衣上，乔则和女服务员收拾包装纸，并为两人点餐，他连菜单都不用看。

“你在想什么？”女服务员离开后，乔问。

“在想一件很沉重的事，”她说，“我不想拿这件事去烦安迪。”

“是有人威胁到你吗？”

“可以这么说。”她直视乔，“朱迪跟我说过一些话，让我觉得——现在既然我知道她的身份，且汉堡和魁北克又相继出事后——让我觉得她的那一伙人也许在蜡烛上动了手脚，或者跟某个远东区的帮会有关。”

乔坐着，眨了几下眼，望着她说：“在烛光仪式的蜡烛上动手脚。”

罗斯玛丽点点头：“那些事故很可能是有人提早点燃蜡烛，或在某间店和屋子里点燃蜡烛所引起的。”

乔看着她：“这是最早出现的两起案例，”他说，“但蜡烛已营销全球几个月了，而这些是头两次点燃蜡烛的例子。”

她说：“也许蜡烛里装了某种定时器，我对生化药剂一窍不通，但很确定是这方面的问题，不过蜡烛分成两个部分，对吧，蓝色和黄色部分？也许实际上更复杂，说不定有某种化学物质，让蜡烛能保持稳定或不起作用，直到特定时间，但少数几根蜡烛却故障了，那些蜡烛正好就是在汉堡和魁北克……”

两人彼此相觑，喝着玻璃杯里的啤酒。

乔斜嘴一笑，“你觉得有没有可能是自己在开场前太紧张了？毕竟你是安迪的母亲，会希望一切完美进行……”

“有可能，”她说，“我也希望如此，不过或许不只是紧张而已，我们得检查一下，乔。你有没有认识的朋友能够检查？这件事不能找警察犯罪实验室或联邦调查局的人，得找位做私人咨询工作的法医化学家，或类似那样可以使用最先进设备的人才行。”

“朱迪真的有说什么吗？”他问，“或者只是你的想象？”

罗斯玛丽别开眼神，缄默不语，然后回头看着他说：“二者皆有一点。”

两人靠坐回去，女服务员将盘子摆到桌上，然后用筷子夹出饺子。

乔用筷子吃饭，罗斯玛丽则拿叉子。

“好吃吧？”他说。

“嗯。”罗斯玛丽吃着应道。

“这种时候最办不了事了，”乔说，“更别说还是这么复杂的事；大家都已放假，纽约大学医学院也关了，我第一个想到的人就是纽约大学的老师，一位住在阿尔蒙克的古董车收藏家。如果他没办法做，应该会知道有谁可以。可是他大概在阿斯彭或某个地方，他和老婆孩子都爱滑雪。这么办吧，如果你那么看重这件事，我们应该去找联邦调查局，我认识纽约这边的探员，他们在阿灵顿有设备，可以很快做化验。”

罗斯玛丽摇头说：“我不想让安迪涉入调查。”她用手捂着嘴，眼中泛泪。

“嘿，呃……”乔探过桌子拍拍她的肩膀和脸颊。“安迪不会受到牵连的。”他说，“不会涉及任何不好的事情，我相信他会是第一个……”

“我不想找联邦调查局。”她说，“也许你说得对，是我自己的幻觉，我不想自找麻烦，乔！”

他皱着眉头靠回去，看罗斯玛丽拿出纸巾拭泪。“好吧，”他说，“我今天下午就去找乔治·斯塔莫斯博士，他正在做一些生化研究。一九九四年时，他有位实验室助理在实验室里合成毒品，后来被男友开枪打死了。乔治有两辆阿尔法·罗密欧，但跟我的那辆完全不能比。”

下午五点左右，乔打电话给她，斯塔莫斯一家出去旅游了，但家中留言说周一上午会回来。“我没说为什么打电话去，他会以为我打算卖车，一定会第一个打电话给我，反正在周一之前，无法再多做什么事了。不过这事我越想越觉得……假若汉堡的例子成立，那么你所说的事，有可能会消灭全人类。不会有人疯狂到想干这种事吧。”

她吸口气说：“希望你是对的，乔，谢谢你的帮忙。”

“小事不足挂齿，希望你能很快安心。”

她走回去读一本当天下午在第五大道双日书店买的平装书——《生物化学：一把双刃剑》。她已读到神经毒气及食肉性病毒那一章了。

斯塔莫斯家在周一上午结束滑雪度假返家了——但乔治例外，因为他留在苏黎世的医院治疗扭伤。乔解释是为了帮罗斯玛丽，而不是为了车子的事后，海伦·斯塔莫斯把老公的电话给了乔，不过由于时差之故，乔得等星期二早上才能打电话。

那是他在周二下午打电话给罗斯玛丽时，提到的坏消息，好消息是，乔治立即想到能找谁做检验，这位同事是他在长岛赛奥西特实验室的伙伴，私下会接些犯罪案件的法医工作。乔与此人谈过了，乔表示，身为 GC 的雇员，他听到传闻，说蜡烛被动过手脚，为求心安，他想查证一下，不过他几乎可以确定应该没什么问题，但……“他会检验几根蜡烛，明早就能知道有没有问题了。”

她问：“你有跟他提到‘生化药剂’吗？”

“有。他说不无可能，但 PA 的人没有那么厉害。”

她看着电视，按着多频道混合器——再听到安迪和自己，以十秒及三十秒的片段重申，烛光仪式将何其令人感动且激励人心，人类全体参与这项富含意义的艺术壮举，又何其伟大，以及此地拆封点烛的时间是在本周五晚七点钟，只要跟着电视上任何一个频道做就行了，千万别错过六点钟的暖场活动，还有请记住，蜡烛请放在儿童拿不到的地方。安迪对着她挤挤眼，“现在你大概都听腻了吧？”他咯咯笑着，她却笑不出来。“好吧，不过这件事实在太重要了。”他说，“恳请你，确认你所认识的每个人，都能在正确的时间点起蜡烛；你能为我这么做吗？谢谢了，爱你哦。”

会不会是安迪做了什么，或散射出什么，但因为她有血缘关系，所以能免疫？不过除了毒气外，似乎没有别的东西能在十五分钟内让人瘫如水母了。

乔弄到百老汇季第一部卖座戏剧周三下午的票，他们重新将一部一九六五年票房失利的音乐剧搬上舞台。讽刺的是，凯曾为此剧做过试演，当时他们还幸福地住在第三大道，他的无电梯单房公寓里，尚未迁入布拉德福德大厦。戏很可爱，跟当年看的感觉一样，但她无法专心观赏第一幕戏；乔还没得到梭塞特实验室的消息。

中场休息时，乔打电话到自己的录音机。罗斯玛丽微笑着帮坐在附近的几个人签名，然后坐着看摊开的节目单。

乔直到场灯变暗，第二幕戏的序曲开始演奏时才回来。“没问题，”他悄声坐到一旁说。罗斯玛丽瞪大眼望着他，乔点头表示：“完全没问题，没有生化药剂，连香水都没有。”

“嘘——！”后面的人说。

第二幕她也看得心不在焉，但结尾时仍奋力拍手，并跟着乔一道起立鼓掌。

他们挤进隔壁的酒吧，在昏暗的角落里找到一张一英尺见方的桌子。“他分析了所有东西，”乔说，“蜡、烛芯、玻璃，检验了四根蜡烛——两根取自纽约，一根来自别的州，还有一根是从其他国家来的。百分之百没问题。”

“你跟他说过话了吗？”她问。

“他在录音机上留言，”乔表示，“书面报告稍后会再送来。”

“噢！”她说，“真让人松口大气。”

“你知道我很不想提，但我们还不能骤下结论，别忘了，有十四家工厂分制蜡烛，有可能是其中一家或某几家动手脚，只是这几根刚好来自没问题的工厂。”

“不，”罗斯玛丽说，“我的感觉是，所有蜡烛都有问题。”

“所有蜡烛？全部十四间工厂吗？你真的那样认为？”

她笑了笑，耸耸肩，“大概是开演前的过度紧张吧。”她说。

服务员送来她的吉布森鸡尾酒和乔的威士忌。“干杯。”两人碰杯喝酒。

“真是太谢谢你了，乔。”她说，“非常感激你。”罗斯玛丽亲吻他说。

“我们要去哪里点我们的蜡烛？”他问。

“我想……到安迪的住处吧。”她说，“就我们三个人，你可以吗？”

“怎么不行，当然可以，没有比那儿更好的地方了。”他对她笑说：“我的意思是，最适合点我们的第一根蜡烛。”

“是啊。”她也对他报以微笑。

“要我六点钟去接你，然后我们一起上楼吗？”

“我正是这么想的。”她说。

“新年快乐。”乔说。两人轻轻互吻，他说：“或许我太浪漫了，但我十分高兴我们都很自制，这将会是个很棒的除夕夜。”

心头块垒，终于尽释！安迪也许被GC的疯狂金主逼迫，不得不教唆手下谋杀朱迪——这点她永远不会原谅安迪，也绝不会遗忘——但至少他们是以做善事为目标的支持者，而不是想利用他赢取世界末日善恶决战的安迪“老子”。

罗斯玛丽洗了个长长的热水澡，她终于能好好睡上一晚，离上次熟睡已相隔好几星期，那次是因旅途劳顿，接着朱迪就……

她跟客房服务点了可可和花色小蛋糕，然后躺在绸缎枕头上边吃喝，边看阿根廷某间学校教室、空军官校、哭墙、北海一处钻探平台上，烛光仪式的准备情形。

罗斯玛丽关掉电视，钻入温暖的被窝，却不知怎地，老觉得安迪在呼唤她——就像以前他的头被婴儿床的板条卡住时，用心念呼唤她一样。

罗斯玛丽伸手拿起电话——电话嘟嘟作响；她放下话筒，钻入被窝。

明明就是她自己在想安迪。

她真该洗冷水澡，不该洗热水澡。

妈！安迪痛苦的声音将她唤醒，窗帘边缘透出了天光。

罗斯玛丽躺在床上聆听。

她可以淡淡地感觉到他，却真的未再听到他的声音了。

罗斯玛丽拒绝为此打电话给安迪，她吃过早饭后跑去做水疗，然后骑自行车、跳绳、游泳——玻璃窗环绕的泳池，将所有其他杂声都掩去。

当她坐在客厅吃总汇三明治时，那恼人的感觉已渐次消退，她看到烛光仪式终于就要实现了，而且比她想象的更精彩。

所有平时的节目都取消了，每个频道都在播放烛光仪式的音乐、标志、屏幕角落还标示出倒数时间：30:44:27，秒数流失，分钟减逝。透明塑料封包的天蓝及金色蜡烛，排放在桌子柜台上，天蓝及金色的烛光仪式标语纷纷立起。

在普林斯顿校园、香港女子监狱、康涅狄格州的赌场、查德的医院、豪华邮轮 QE2、奥斯陆的百货公司、盐湖城的幼儿园。

人们讨论着典礼的壮丽与意义，谈到若非因罗斯玛丽之子安迪，带领世人和平共融地跨入二〇〇〇年，不知还有多少纷扰与悲苦，会让这世上重要的一刻蒙上阴影，真是感谢上苍。

记者拿着麦克风访问人们，提出各种重要问题——在玻利维亚的鞋厂、纽约北边犹太哈西德教派小区、澳州昆士兰的消防站。在圣彼得广场、北京的地铁站。在迪士尼乐园里，米老鼠米奇和米妮挥着塑料膜包装的蜡烛。

安迪也许正在楼上看电视，罗斯玛丽叹口气，无论如何，他们应该一起观赏。明天晚上，跟他一起观看真正的典礼，将是她毕生最精彩的经历。

罗斯玛丽换着频道，喝着可乐，拿那本生化药剂书当垫子。蒙巴萨岛、伊拉克、西藏、乌干达……

世上每个人都将点亮干净安全的 GC 蜡烛！

喜欢电视的门诺教派人士欣然对着麦克风谈论安迪、罗斯玛丽、烛光仪式及拖拉机的好处。

就连等着被外星人接走的脑残人士，也准备在离开地球前点亮他们的蜡烛。一名带领加州三百人分队的女子解释说，他们会有足够的时间，因为法国预言家诺查丹玛斯预言他们会在二〇〇〇年的第二分钟被接走，而非第一分钟，所以还是有时间。

6+6+6

若在周五早上打电话给安迪，就很合理了，因为罗斯玛丽必须敲定他们的安排，而她至今没给安迪确切的答复。她没再幻听到安迪的呼喊了；罗斯玛丽终于有了一夜好眠，而且缎被子上还摆了鲜美的甜瓜、咖啡和羊角面包。玛丽亚送餐盘进来时比平时兴奋，“我觉得今晚好像要嫁给每个人哟！”她大笑着拉开窗帘，露出阴灰的天空。

罗斯玛丽拨了安迪的号码，听完他的留言，看着大都会歌剧院后台的烛光仪式准备工作：9:37:17。“安迪？”罗斯玛丽说，“我想跟你讨论今天晚上的事。”她候着，看到扬基体育馆的画面。

哔——拨号音。

她按下号码，在电话上留言。

留完言后，罗斯玛丽觉得十分开心。她看着字谜游戏，感觉又更开心了；她猜到了——横一，知名的母亲，八个字母。今天的主题自然是烛光仪式了，而剩余的字谜——除了直六的那题，知名儿子，四个字母外——都颇为艰涩困难，周五的题目通常较具挑战性。她几乎花了四十分钟才填完字谜。

安迪没有回电。

她再次拨号，又是录音机，罗斯玛丽继续听到其他的号码选择。“想留言给安迪，请按二。”

罗斯玛丽按了二。

“现在请留言给安迪。”哔。

“嗨，”罗斯玛丽说，“我想讨论今晚的事，乔六点会来接我，你是不是想在那时见面？尽快回电给我好吗？我十一点半约好了去做头发。”她又等了等。

“谢谢你，罗斯玛丽，安迪很快会收到你的留言，你可以挂掉电话了。”

罗斯玛丽出门前，安迪都没打来。

等她回家后，外线有十几条留言，私人电话则有一条。

“嗨，你知道你儿子在哪里吗？”是黛安，“我从星期二起就一直没有他的消息了，外头电话蜂拥而至，有些电话非回不可——我是说，例如教宗和总统的电话。我甚至不知道你们二位打算去哪里点蜡烛；只能假设你们会到公园跟我们一起点蜡烛。能麻烦你叫他打电话给我吗？你如果知道是怎么回事的话，自己打给我也可以。还有，猜猜谁在用俳句写你。再见。”

她将留言删除。

然后打开电视，一堆人在谈话，时间剩下——4:14:51。

衣橱门间的抽取式衣杆上，挂了一个男服务员送来的塑料袋。她拆开袋子，取出天蓝色的绉纱，将长裤套装放到床上，把其他东西挂回去，然后拿出金色的丝质上衣和一双金色高跟凉鞋；一并摆到床上。她把塑料袋卷起来，塞进垃圾桶里。

罗斯玛丽锁眉站着，在休闲裤口袋里翻找卡片。

她戴上遮阳镜和方巾。

搭电梯来到人群杂沓的楼下大厅，垂首绕过电梯角落，来到员工专用门，刷卡将门推开。

她在电梯门上过卡，门开了，舱室就在那儿——这表示安迪已经出门了。也许在她忽略安迪的求救后，他并未死于心脏病。

她还是进入那条倒置的口红舱里，罗斯玛丽转身环紧自己，按下五十二楼。电梯火速穿过八、九、十楼，她摘下遮阳镜和方巾，将头发推松，动了动下巴，直到耳朵不塞为止。

记得上回她对着安迪的胡子，随着他浑身难过地往楼上飙飞，去看无敌的景观等等之类的。

舱室放缓速度，五十二楼的红灯叮地亮起，舱门开了。

黑色及铜黄相间的大厅，背后是冬灰色的天空，才下午三点，已开始黯淡，云层在远方皇后区上空积沉。会有更多降雪吗？

罗斯玛丽喊道：“安迪？”黄铜筒舱在她身后关闭。

一个熟悉流畅的女声自左边和背后传出，“……我们会持续报道烛光仪式的消息，离现在仅剩不到四个小时了，每个时区、每个地方的人，都感受到一股庄重严肃的气氛……”

“安迪？”她喊道，循着后方的女声来到一处打开的门口。里头房间的侧墙上，闪动着电视的影像，她可以看到四个大型屏幕和近旁两个屏幕的部分影像，上下两排各三架电视。“安迪？”她跟着屏幕上一些教室里的孩子一起出声说。罗斯玛丽将门整个推开，望着房间另一头。

安迪被钉在墙上，钉子穿透他血痕斑斑的掌心，他两臂摊开，头部颓垂。穿着白色 GC 运动衫和牛仔裤的安迪，被夹在黑木墙及黑色皮沙发间，沙发的椅背抵住他的身子。

罗斯玛丽闭上眼睛，身子一晃，扶住门柱。

她再次借着闪动不定的光线看着被钉十字的安迪——这不是幻觉——他染血的发间冒出苍白的额角。他死了吗？

罗斯玛丽手撑门柱，冲到沙发边跪下来，一手按住他的胸口，一手探向他的颈侧。

是温的。

尚有脉搏。

但极慢。

她摸着安迪的颈侧，自己一边忙着喘气，看到他的右手时，罗斯玛丽心头一震——他的指甲已伸成长爪，粗如铅笔的四英寸长金属，从血淋淋的掌心中伸出。是哪个疯子干的？一道干涸的血痕从黑木墙上淌下。

安迪的脚踝也被钉住了吗？罗斯玛丽伸长脖子绕到沙发后看，一片漆黑，看不清状况。依照安迪的身高和手臂紧绷的程度判断，他的脚似乎是着地的。罗斯玛丽感觉安迪的胸口动了一下。“安迪？”她说。房间彼端，从她身后传出安迪谈论烛光仪式的声音。

安迪移动头部面向她，发际上的蜷角有如拇指大。她轻抚他的胸口，万分不舍。安迪张开眼睛，罗斯玛丽对他笑了笑，“我在这儿呢，”她说，“我听到你的呼叫了，我还以为是自己的幻想！真对不起，亲爱的！”他张嘴喘气，用一对虎眼哀求。

她单脚踩住地板，转身从低矮的黑色控制台上的冰桶里，拿起一瓶滴水的香槟，摆到一旁。罗斯玛丽拿起冰桶，转身再次跪到沙发上，把手探入水中，帮他将嘴唇濡湿。

她拿水滴他的口舌；安迪吸吮她指上的水，重重咽着。“我会放你下来，”她说，“我会放你下来……”

安迪吸着她指上的水，虎眼透着感激。

“噢，我的天使，”她说，“是谁对你下的毒手？什么样的禽兽会做这种事？”

他颤着下唇，抵住上面的牙齿说：“父……父亲……”

罗斯玛丽瞪着他说：“你……父亲？”她用手背拭掉泪水，摇头说：“他来过这儿了？是他对你下的手？”

“他还在这儿……”安迪说，“他就在这儿。”他眼睛一闭，生着鬼角的头跟着颓软垂下。

也许安迪出现了幻觉，但还有谁会下此毒手，报复安迪背叛他的大计？因为蜡烛竟然无害？

罗斯玛丽摸到厨房，撒但并未从里头跳出来；打开冰箱，也未从中跃出。

她取出整个塑料抽屉里的冰块，然后去找浴室；她发现浴室在另一间有同样灰冷天空的卧室旁，两个房间极为相似。她在浴室里找到几条干净的毛巾，一把剪刀和一瓶消毒酒精，又从打开的卧室衣橱里抓了两条领带。

罗斯玛丽跪到沙发上，将包满冰块的毛巾缠到安迪长出利爪的右手，以及掌心刺出的粗铁钉上。铁钉钉得极牢，无法判定吃入木板及墙中多深。但愿冰块能让硬铁收缩，让安迪的手感到冰麻，稍稍减弱他遭受折磨的痛楚。十字架的酷刑何其苦痛。

她等候着，看他睡着的愁容。他的额角是否已缩回去一点了？还是她已开始慢慢习惯？

她移动冰寒的双手——毛巾已经湿透了——确保冰块紧贴着钉子和安迪的手心。她摇摇头，不知有谁会如此残忍，可以对任何人下这种重手，更别说是自己的儿子。*他这个恶魔不是假的*，安迪曾经说过。甚至远远超过，她记得圣经上最重的说法是“谎言之父”，改称“凶残之父”如何？

罗斯玛丽打着寒战，再次看到幻影——这是长久来的第一次。她看到那晚他在教团成员围观下，强行侵占她时，瞬间见到的熔炉般的黄眼。安迪尚在襁褓时，她便已认定，孩子的虎眼，是介于那对炼狱般的鬼眼与她的人眼之间的美妙折衷。此刻她突然想到安迪的特质与长处，例如他善于说谎与魅惑人心的能力，也许仅及他父亲的一半吧。但这也不错。

她放下融冰的毛巾，搁在控制台的塑料抽屉里，然后从沙发上站起来，在休闲裤上擦拭双手。

她拉住沙发尾端，将沙发拖离安迪右侧的墙边。他脚踝上没有钉子，罗斯玛丽用手摸着，穿了布鞋袜子，没有钉子。

她站着用背顶住安迪的臀部，用肩托起他的腋下；拿一条干毛巾缠住从他手中刺出的钉子，两手叠握，紧抓住毛巾和冰冷的钢钉。“给我出来。”她对着钉子说，然后慢慢推拔，不敢太过使劲。安迪发出呻吟，手下的血痕淌出新血。“非拔出来不可。”罗斯玛丽说。钉子摇动了；她以单手推拔，另一手扶住安迪的手随之摇动，然后尽可能轻柔地将钉子从他刺穿的手中小心扭拔出来，让安迪的手贴稳在墙上。这该死的东西竟然有七寸、八寸、九寸长；她将钉子一扔，落在地毯上。

她拿起另一条毛巾，缠住安迪的手，用领带绑紧，然后转向他，将他的手臂跨到自己肩上，试图保持他的平稳，同时跨过沙发背后，去弄他另一只手。然而安迪扬起手臂从她身上扫过，罗斯玛丽低头避开，看着他，一边扶着他靠墙立稳，安迪扭身去握另一只手心上的钉子。罗斯玛丽说：“先冰敷吧。”但安迪径自用缠着毛巾的手去拔，并紧闭着眼睛。

罗斯玛丽胆战心惊地别开脸——听到木头和石墙的摩擦声——接着她一把接住安迪，差点被他压倒。罗斯玛丽勉力扶住安迪，让他跨倒在沙发背上，钉子咚地从控制台上弹落。罗斯玛丽弯身抱住安迪穿着牛仔裤的腿，抬起来，将他翻过身，然后火速冲到沙发另一端挡住他，撑住面对沙发背的安迪。

罗斯玛丽让陷入昏迷的安迪躺下来，将他拖往沙发尾端，让他的脚踝靠在扶手的厚垫上，头部枕住另一边扶手。罗斯玛丽用毛巾缠住他淌血的左手，绑紧后安置在身侧，再调整他另一只胳臂，然后站着看他的 GC T 恤随呼吸起伏。

她自己也深深吸了一大口气。罗斯玛丽将头发拨到后边。

她解开安迪的布鞋脱掉，按揉他穿着袜子的双脚。

罗斯玛丽离开房间时，检查了一下烛光仪式的倒数时间：3:16:04。

她拿了浴室的肥皂，从厨房取一碗温水，回到安迪身边，先后拆开两手的毛巾，挑掉两边伤口上的碎屑，清洗并滴上酒精，然后拿干净的长毛巾紧紧缠住，重新绑好。

她摊开一张褪色的针织毛毯，盖到安迪身上，她很确定这应该是从卡斯特韦特家的客厅拿来的。

安迪需要打破伤风、动手术、住院；但他这副生角带爪的虎眼模样，如何能够？

她只能信任乔，据实告诉他了，因为实在没有别的办法。也许，只是也许，乔会认识一位能够信得过的医生，或靠贿赂方式，叫对方封口，或许他认识某个私人诊所的医生。

罗斯玛丽清洗安迪脸上及头发上的鲜血，她将他的头发拨开，轻轻擦洗一道一英寸长的肿胀干血，然后不再动它。

她把东西拿回厨房，在水槽清洗双手和毛衣上的血迹，将抽屉塞回制冰机下，打开开关，倒了一杯冰水，先喝几口，然后重新注满。

她把玻璃杯放到控制台上，坐到沙发尾端的地板，摸摸安迪的额头。凉凉的，但不至于太凉。她触着其中一只额角的角尖，感觉颇为光滑。

她背靠着沙发，将头倚在扶手上，靠近安迪的头部，然后叹气闭上眼睛，聆听祷告时刻的通报，唱诗班的歌声，接着是歌剧男高音。

罗斯玛丽张开眼睛，看到六个屏幕上，四个不同的场景——两个屏幕播着庙宇的画面、一个有埃及文标示的体育馆、QE2 邮轮的大阶梯、两个播放楼下绵羊草原上的拥挤人群——所有倒数时间都是——1:32:54，而且数字仍继续跑动。控制面板上的红色数字转译成 5:29。

她不知道时间已经这么晚了，但剪毛巾、清理伤口……乔现在应该已经上路或快出门了，所以没必要再打电话给他了。他一定以为她提早上楼，会径自上来。

她看着屏幕，听着人们谈话、新闻主播、摩门教合唱团。

安迪转过头，她也跟着转头。安迪用一对虎眼望着屏幕。“嗨。”她说，“有你陪我们真好。”安迪默默看着。“会渴吗？”罗斯玛丽问。

他喉头发出声音。

罗斯玛丽跪下来支住他后脑勺，扶着玻璃杯喂他喝水。“乔很快就会到了，”她说，“他可能知道该送你去哪里治疗，你不会有事的。”

她将安迪的头垂放下来，把杯子搁下。

安迪看着屏幕。

她说："一定会很精彩。"然后旋背再次倚到皮沙发的扶把上。

两人贴近靠着头，欣赏、聆听。"啊，你瞧……"她笑说。安迪清了清喉咙，说道："蜡烛点燃三分钟后，便会开始释放出含在毒气里的病毒，会扩散……"

罗斯玛丽转头看他，"但检验室说蜡烛没问题……"

"那是因为他们不知道他们要检验什么，"安迪说，"所以我才会被钉在这里……为了防止我告诉你，及时把话传出去……我正打算那么做。"安迪咽着口水，望着罗斯玛丽，"我觉得自己好没用，"他说，"我一直想到詹姆斯那个孩子……"

罗斯玛丽瞪着他。此时烛光仪式的音乐扬起，合唱队大声齐唱。

"罗斯？你在吗？"

"乔！"她喊道，"等一下！"她正要站起来，却被安迪包扎的手拖住臂膀。"我觉得好罪恶，妈。"他的虎眼泪光闪动，"我不该对你说谎，什么事都瞒着你——关于蜡烛，关于牠——我真希望自己死掉算了！"

她扭身看着从门口进来的乔，他又高又帅，潇洒到不行，戴着大礼帽、白领带、白手套，一身燕尾服，一手拿着一包天蓝与金丝的衣料，另一手拎着野餐篮。"有意思。"他说着把那捆衣料扔到椅上。"我一向以为这会是个很喜庆的场合，但现在时间终于到了，我却突然觉得——好像只能用'肃穆'来形容。嗯。"他把柳条篮子放到控制台上，摘下礼帽，倒放篮子旁边。“你。”他用白手套指着安迪，“算你运气好，有个这么有爱心的母亲，换作是我，就会让你一辈子钉在墙上。”

罗斯玛丽跪在地上，扶着控制台边缘，抬眼看着他。“乔？”

“嗨，小妞。”他俯望着罗斯玛丽笑说，一边扯着指尖上的白手套。“今晚好戏就要登场了。”他用艳黄色的双眼对罗斯玛丽眨了眨。

他满脸笑意地看着罗斯玛丽站起来瞪他，安迪则在一旁喃喃作声。

他把一只手套扔进帽子里，再去拉第二只手套的指尖。“非得跟他一起来不可，”他对她笑说，“不能放心由他自己一个人主持，毕竟他有一半人类的血统，很容易心软，对吧？风险太大了，马虎不得。我问你，我料对了还是料错了？”他将第二只手套扔进帽子里。

罗斯玛丽瞪着他。

“我早知道那个牙医会被出租车或某个东西撞死，”他拉直自己的白领带说，“我太清楚上面那位的手法了，这是一盘永无休止的大型棋局；他是白子，我是黑子。虽然他下了第一手，但今晚我把他的卒子吃掉了。”他对罗斯玛丽笑道：“还有他的骑士跟主教，以及国王……皇后我会留下来。”他对她一鞠躬，挤挤眼。“这招不错吧？你是他的合理棋招，让我们这位小娘娘腔生出妇人之仁，所以我只好以乔的身份出招，伺机反击。”

罗斯玛丽瞪着他。

“女生遇到麻烦时，大概会去找谁呢？”他拉起衬衫前襟问，“会不会想找个有点黑道人脉的退休警察？假如她需要找法医化学家，这样的人岂非更好用？或热卖的剧院戏票，或教堂的位置。噢，对了，玛丽·伊丽莎白和她的同性恋人跟你问好！”他咧嘴对她一笑，“当我走进大教堂时，宝贝，每个人都会突然发病，不过我的丰功伟业就谈到这儿吧，我这个人似乎就是摆脱不了傲慢！”他摇摇头，拿起天蓝及金色的捆包，摊出她的长裤套装和上衣，取出凉鞋，两手朝她一递。

她看看衣物，再看着他。

“去换衣服。”他说，“还有把自己打扮一下，他的客房浴室里有全套雅顿化妆品，就在电梯旁边过去。”

她定定站着瞅他。

“得了。”他笑说：“把心情点亮吧，就像他在广告里说的那样。我们会跳点舞，那种暖场方式比现在这种鬼样子好。外边有很棒的舞池；我就是在舞池里教他的。交际舞是人类少数几样值得一看的活动。”

她抽口气说：“我宁可死掉，我是说真的。”

“哦？”他垂下两手的衣物点点头，“我可以理解你为何会那样想，”他说，“毕竟他们都是你的同类，加上你又是在天主教家庭长大的。”他点头斜睨着地毯上的一根钉子。

淌血的钉子升至空中，往旁边飘移，然后再往上升，钉头抵在天花板上，距离安迪的脸部约九或十英尺高。安迪躺在那儿仰看钉子。

“哪只眼睛？”乔/撒但看着罗斯玛丽问，不去看上面的钉子。

罗斯玛丽只好乖乖伸出双手。

“放轻松就对了。别忘了，一切全交给我。”

他们在黑滑的地板上，在灿烂的屏幕美景前——东区、白石桥、皇后区、整片区块——在底部泛光滚如浪涛的云层底下跳舞。

乔跟着亚斯坦哼唱：“在小提琴手逃逸之前，在他们要求我们付账之前，趁我们还有机会……（Before the fiddlers have fled, before they ask us to pay the bill, and while we still have the chance...）”他拥住她的纤腰和手，将她拉近。“听我说，很抱歉我刚才如此倨傲，这对我来说，是个非常特别的夜晚，所有我有点毛糙，这点请你务必谅解。而且我不习惯别人反驳，他最近太会顶嘴了。”

“所以你就把他钉在墙上。”她避免看着他说。

两人随着钢琴及交响乐声舞动。

他说：“当初我本来可以让教团的人，对你做他们该做的事，但我没有；我让你陷入昏迷，并确保你住进好医院，账款有人支付。”他将避开视线的罗斯玛丽扭过来，“那晚我们俩彼此四目照见，”他说，“你可别说你忘记了。我承认，那一刻对你或许很恐怖——对我却十分兴奋美好，是毕生的一次——我是指我的其中一世，不是你的，如果你懂我的意思——你跟得不错嘛。”他让她下腰一沉，再拉起她。“而且谁知道呢？说不定我比想象的聪明，也许我知道，或只是还抱有希望，希望安迪在干大事时，你若还活着，我们说不定能在更美好文明的状况下，互看对眼，因而再续前缘。”

她看着他，他对她微笑。“瞧，我们已经在互望了。”他带她绕圈。“你喜欢他的眼睛吗？我也可以变出虎眼唷。”他变给她看。“你喜欢克拉克·盖博[①]吗？”克拉克·盖博询问她，并带着她连转。“我可以整晚变成白瑞德，我的郝思嘉。”盖博露出要赖的笑容，带她一沉。“把你抱上楼去，而且影片不会淡出。”乔／撒但将她拉起来，挤眼说：“我的特效非常特别。”

罗斯玛丽别开脸；他将她绕出去再带回来。亚斯坦唱道：“也许有泪轻弹……（There may be teardrops to shed...）”

“现在要谈到重点了，”他说，“我怕你没听出这件事情的走向……我在谈的是青春永驻，罗斯。挑个你要的年龄吧，二十三、二十四，随你喜欢，你将永远停留在那个岁数，不用渴望，没有痛苦，不会长出讨厌的老人斑，一切就像劳斯莱斯汽车那样平顺地运作。”她看着他，随他起舞；他点点头。“这是我经常答应，但鲜少履行的。”他说，“你年纪大到能懂得感激了吧？我将赠予你的，不仅是你遗失的韶光，更奉上你未来的岁月，所有一切都将置于美好的环境里，与你悲惨的一生截然不同，要什么有什么，这里根本没得比。”

---

① Clark Gable（1901—1960），美国演员，饰演《乱世佳人》的主角白瑞德。

她随他舞转说："我若答应，你会阻止烛光仪式……"

"哎哟，求求你，"他说，"别再提那件事了吧。不，我不会的，我也没办法，因为太晚了。所以当你下楼时，不是青春永驻，便是死路一条。毒气会弥漫开来，逗留不去，由于毒气比空气重，所以我们才会待在楼上。"

她挣开他的怀抱，看着他说："那安迪呢？"

他摇摇头。"他留下来。"他说，"但我不再需要他，而且因为烛光仪式的事，我无法再信任他。我们可以生别的孩子，想生多少都行，别忘了，你会青春不老。考虑一下吧，罗斯玛丽，我知道考虑所有状况和你的成长背景，这项抉择对你而言十分艰难，但你是个聪明人，会想通的——你猜出朱迪被害的事时，还真让我大吃一惊——所以我相信你会明白，这是唯一合理的决定。"

两人在闪光与云层下共舞，他转着她，抱住她，贴住她的脸颊。乐声唱道："天堂，我置身于天堂，我心狂跳，几乎无法言语……（Heaven，I'm in heaven，and my heart beats so that I can hardly speak... ）"

在闪烁的屏幕光线下，罗斯玛丽颓坐在椅上，垂头两手交叠。

安迪歪在沙发上，手肘撑着扶把，掀开毛毯，用一对虎眼看着。他摇晃生着角的头，低头含住可乐罐上的吸管，他手上包裹毛巾，用大拇指和食指上的利爪掐住罐子。

乔／撒但靠在椅上，穿着丝质黑袜的脚翘放在控制台边，用一对转成虎眼的魔眼盯看，一边拿汤匙挖着锡罐里的鱼子酱吃。

他看着自己的多盘面手表，一边小心不让锡罐倾斜。他边吞边说：“我的天啊，再过三分十二秒就要开始了。看到台阶上的那个家伙了吗？还有那边那个女的。呃，你看他们把蜡烛放在哪里。”他摇摇头，直接将汤匙插到鱼子酱里。“他们竟能那样计数时间，真是不可思议。”他拿起香槟杯喝了一口，“那些家伙真的很厉害。你要去哪儿？”

罗斯玛丽离开房间。

直接走到窗边。

她在窗边站定，用额头抵住玻璃。

五十二楼底下的公园里缀着点点金色的尘光，在球场，在绵羊草原上，北望极目之处，皆闪着小小的金光，有些地方较稀，有些地方且夹杂着黑块。

半座纽约市的人——GC 的核心人员也在其中——一定都聚集到公园里了，在隆冬的枯树下，准备点亮他们的蜡烛。是受到记忆中古老信仰的驱策吗？

第五大道的大楼中，有两扇窗户着了火。皇后区冒出一抹红光，染红了云层。

远方高处繁星点点，几盏缓缓移动的灯火穿越云间的缝隙——那是少数因无法重新排班以避开烛光仪式的国际航班。但机长应该会走回客舱，帮所有乘客和机组人员点一根象征性的蜡烛，大家打算等飞机着陆后，再点燃自己的蜡烛。

远处下方，一匹小小的马儿拉着马车，倒卧在中央公园南路，金光密布的公园一侧，其他马匹和马车在它后头倒成一列。汽车和公交车静排不动，旁边是黑色的微粒与金尘。

罗斯玛丽哭了。

如果在她星期三晚上，听见安迪第一次呼喊时，便赶到此处……如果她未因罪恶而感到困惑的话……

她浑身发颤。

吸口气，用手掌拭着脸颊，挺身站直，望着外头，数算第五大道的高楼上有六扇窗户着火了，皇后区现在已烈焰高涨。

她听见他站在身后。*撒但，站到我身后去*[1]。她说："我要留下来陪安迪。"

"我还以为你很聪明。"安迪说。

她转身看着安迪。

母子彼此相视。

"去吧。"安迪说。

"我怎能走得了？"她问他，"我甚至不配得到永生不死，连多活一天都不配。"

"去吧。"安迪说，"相信我，你真的该这么做，你不会有事的。"

"不会有事？"她含泪道，"我会没事？可是世上所有人跟你都死了，只剩下我跟牠，这样叫没事？我看你是疯了！你疯了！"

"看着我。"他说。

罗斯玛丽看着他的虎眼，安迪说："这件事你就相信我吧。"

---

① 出自《圣经·新约·马太福音》，耶稣对彼得所言。

她斜眼睨视他的虎眼问：“真的吗？”

安迪笑了笑：“我会撒谎吗？”

两人相视而笑。

她靠过去轻抚他的脸，她踮着脚尖，他弯下身，母子真情流露地彼此亲吻。

相视微笑。

安迪让到一旁，对一身白领带、燕尾服、手拿礼帽，在打开的黄铜电梯旁等候的乔／撒但伸出包扎的手。

罗斯玛丽停立片刻后启步走动—绉纱款摆，高跟鞋咚咚踩响——越过黑滑的地板，朝牠走去。

牠送她进入红色的黄铜舱室里，罗斯玛丽回眸瞥见安迪站在屏幕和云层下，抬着一只手。这时乔／撒但走进电梯里挨着她，舱门在他身后关上了。

电梯开始下降。

牠将帽子压到她头上，往后调整，拨出部分帽子下的头发。“很可爱。”牠低头对她笑说。

罗斯玛丽看着前方，乔的白领带是打上去的，不带夹子。“我们要如何穿越毒气？”她问。

“不必担心。”

她抬头看着对自己微笑的乔，红色数字在他头上闪动 10–9–8，L–B–G1–G2……

电梯加速下降。

越来越热。

罗斯玛丽开始冒汗，她死盯住他的领带。

“我等不及要脱掉这身戏服了，”他说，“我的意思是这副臭皮囊，我已经戴了整三年了。”他的手生出爪子，抓住领带和衬衫领口扯裂，跟着脖子上的皮肉一起从墨绿色的鳞片上撕开；将布片和皮肉扔到黄铜及红皮革上。

罗斯玛丽看到烈焰般的眼睛，白色的额角弯长而出。“你说过那不是地狱之火！”

“罗斯玛丽，宝贝，”牠用嘶哑的声音回说，一边撕掉湿绿鳞片上的外套、衬衫和人皮。“我撒谎！你到现在还不明白吗？”牠在她脸上摆动一条巨舌，罗斯玛丽闭眼尖叫，牠拥住她。“罗斯！罗斯！”他大喊地抱着她，亲吻她的头，“没事了！没事了！”

罗斯玛丽张开眼睛，气喘不已。“没事了。”他抱着她说，“没事了没事了……”她揪紧自己的螺纹呢睡衣，和一束赤褐色的头发，喘息着四下张望，看着晨光微亮的房间。

看着巴黎和维罗纳的海报，发黄的全页《路德》舞台剧海报，以及海报底处的红圈。

她瘫在他胸口，抽噎哭泣，忙着喘息。“噢，凯！”她说，“好可怕呀！我一直梦个不停，然后睡着了，又开始做梦，没完没了……”

“唉，我可怜的宝贝。”他拥抱她，亲吻她的头。

“那梦好真实！”

“谁叫你在床上读《德拉库拉》……”

她倚在他怀里，低头看着地板上的平装书。“布莱姆·斯托克[1]！”她大喊，“难怪！”她喘息着，凯坐到她身边。“我们租到一间叫布拉德福德的旧大厦，”她说，“布拉德福德大厦！位于市中心，而且在中央公园西路，大厦先是黑色的，后来变成粉色，本来有滴水嘴怪兽，后来没有了——基本上很像中央公园西路的著名大厦，达科他大厦，只是它是出租的。”

“那不是很好吗？”凯呵欠连连地躺回床上，搔着睡裤腰带下。

她转身在他肩上一捶。“还有你这个混蛋，”她说，“你把我卖给一群巫师了！”

“打死我都不会那么做！”他哈哈大笑地抓住她的拳头。

“而且我还跟撒但生了一个宝宝！”她说。

“啊哈。”他将她按住，从她身上爬过去，“若要谈到生宝宝，我可是很忙的。”

他下床走进浴室，半掩住门，罗斯玛丽猛然跪起，爬到斜挂在床脚墙上的镀金框镜面。“噢，天啊！”她拍拍胸口，对镜子探身说。她揉捏自己的脸颊，抓起自己的头发亲吻着，注视自己的眼眸，触摸眼周的皮肤，抚摸着脸、喉咙和手。“我在梦里竟然有五十八岁！”她说，“我看起来不像，但就是那个岁数！太恐怖了！我看起来就像佩格阿姨！”

“她不是长得很可爱吗？”

“是啊，可是——五十八岁啊！”她吹了个口哨，“哇，能够再变年轻，真叫人松了一大口气！那梦境如此真实，一切都像真

---

① Bram Stoker（1847—1912），英国小说家，《德拉库拉》作者。

的！”她皱眉坐着，“时间是一九九九年，好奇怪，我儿子和我，我们就像……耶稣和马利亚……但又非常不一样……”她摇摇头，跪起来再次观察自己的容颜，贴近查看一个微小的斑点。“我得好好保养皮肤了。”她说。

“幸好我起得早，我要去参加《见鬼！那只猫！》的演员甄选。”

“那部戏在一九九九年很卖座。”她检查左眼眶说，“重新搬上舞台了。”

“我会跟他们讲，他们一定很乐。我是说真的，用这开场很厉害吧，‘各位先生，很高兴跟各位宣布，你们的戏会红！我老婆通灵，她昨晚梦到这出戏在一九九九年会重新演出！’”

“我什么时候通灵了？”她望着镜子问，把一边头发折上折下。

“嘿，这就叫演艺圈，记得吧？”

她说：“溜冰鞋变成四个轮子一排。”

“我不会跟他们讲这个。”

她咯咯笑道：“哥伦布圆环有栋金色的塔楼。”她看着另一侧头部，将头发提短些。“我老的时候就住在那里。”

“那我跑哪儿去了？”

“不是死了，就是默默无闻。”她说。

“两件事不都一样。”

她被他的玩笑逗笑了，“我可能会让埃尼帮我把头发剪短……”电话响了，罗斯玛丽转身一趴，在电话响第二声时，找到地板上的电话，接起黑色的话筒说：“你好？”

“嗨，我的天使！对不起，没被我吵醒吧。”

“哈奇！”她大喊一声滚着背，电话线被拉得老长。“你一定无法想象我有多高兴听到你的声音！我做了一场超恐怖的梦，有个巫师教团对你施魔咒！”

“真是恶兆，我现在的感觉就像被下了咒。我昨晚参加一场狂欢会，现正在洛克特健身房洗蒸气浴，努力清醒过来。杰拉德·雷诺也在这儿。告诉我，你跟凯找到新公寓了没？”

“还没。”她坐起身说，“我们急死了，我们得在这个月底搬出去，因为水电都会切断。”

“我的孩子，你会爱死我的。记得我跟你提过杰拉德的公寓吗？有丛林和鹦鹉的那一间？在达科他大厦？”

“我们刚才还在谈呢！”她说，“我是指达科他大厦！不是指他的公寓……”她松开发束，拿着话筒望着前方。

“杰拉德需要有人帮他照看公寓，至少一年，也许更久。他要回英国跟大卫·利恩导演拍电影，急着找人帮他照料家里的动植物。他应该后天就要走了；本来找了位亲戚搬进来，可是她昨天被出租车撞了，至少得住院六个月。”

凯从浴室门口探出身，半张脸上还抹着肥皂泡。他默声问：“公寓吗？”

罗斯玛丽点点头。

“你还在吗？”

“在。”罗斯玛丽答道。凯坐到她身边，她将话筒换到另一只手上，凯拿着刮胡刀，贴过来跟她一起听电话。“免房租啊，我的天使！达科他大厦里的四房公寓，可鸟瞰公园！你们会与名人为邻：伦纳德·伯恩斯坦！劳伦·白考尔！披头士的一名团员正在还价，想买隔壁公寓！”

两人彼此相觑。

罗斯玛丽望着前方，用空下的手抓紧头发。

“你要跟凯讨论一下吗？不过我觉得实在没什么好讨论的。机会难得，千万要把握住，这边还有另一个家伙等着要打电话跟别人说这个消息了。我会等你，我还有一个十分硬币，不过别人已经在瞪我了。噢，趁我还没忘记，帮我记个字谜 Roast Mules。我还有三分十二秒。”

罗斯玛丽的话筒垂下数吋。

两人相互看着。

“罗斯，”凯说，“你不会真的想让一场梦坏了这件好事吧？不会有人这么干的！免房租啊，而且是达科他大厦！”

她看着前方。

感 谢

感谢 Alan Ladd Jr. 和 Andrew Wald 把我从沙发拖到电脑旁，并谢谢以下人士给予我建议、耐心及友谊，三者中的至少两样：Adam 及 Tara Levin-Delson，Jed 及 Suzanne Levin，Nicholas Levin，Phyllis Westberg，Michaela Hamilton，Howard Rosenstone，Wendy Schmalz，Patricia Powell，Herbert E. Kaplan，Peter L. Felcher，Julius Medwin，Ellie 及 Joe Busman。

Roast Mules 这个字谜是在七年前一场婚礼上，一名男子问我的，他是我的女演员朋友 Bebe Neuwirth 的父亲。我诅咒他很长一段时间——但碍于他女儿的情面，只敢小怨一下——但现在我也要感谢他了。谜底非常真诚可爱，别写信问我答案，把邮票省下来吧。

一九九七年于纽约

图书在版编目（CIP）数据

罗斯玛丽的儿子 / (美) 艾拉 • 莱文著 ; 柯清心译 . -- 北京 : 北京时代华文书局，
2017.4
书名原文: Son of Rosemary
ISBN 978-7-5699-1441-2

Ⅰ . ①罗… Ⅱ . ①艾… ②柯… Ⅲ . ①长篇小说－美国－现代
Ⅳ . ① I712.45

中国版本图书馆 CIP 数据核字 (2017) 第 041166 号

北京市版权著作权合同登记号 图书: 01-2016-9138

IRA LEVIN
SON OF ROSEMARY

罗斯玛丽的儿子

作　　者 | [美] 艾拉 · 莱文
译　　者 | 柯清心

出 版 人 | 王训海
策划编辑 | 黄思远　韩　笑
责任编辑 | 宋　春　韩　笑
封面设计 | 梁依宁
责任印制 | 刘　银　范玉洁

出版发行 | 北京时代华文书局 http://www.bjsdsj.com.cn
北京市东城区安定门外大街 136 号皇城国际大厦 A 座 8 楼
邮编: 100011　电话: 010 - 64267955　64267677
印　　刷 | 河北鹏润印刷有限公司　电话: 0317 - 5196862
（如发现印装质量问题，请与印刷厂联系调换）
开　　本 | 710×1000mm　1/32
印　　张 | 7.25
字　　数 | 150 千字
版　　次 | 2017 年 9 月第 1 版　2017 年 9 月第 1 次印刷
书　　号 | ISBN 978-7-5699-1441-2

定　　价 | 45.00 元